AF199404

Der kleine Junge

Von Heidi Fasig

Buchbeschreibung:

"Der kleine Junge" ist nach "Ins Blaue" bereits mein zweiter Sammelband, der Kurzgeschichten und philosophische Lebensbetrachtungen enthält. Die Texte entstanden größtenteils zu Bildern und Kunstwerken örtlicher Künster/-innen.

Über den Autor:

Ich, Heidi Fasig, Jahrgang 1978 lebe mit meiner Familie und zwei Katzen in Buchholz in der Nordheide. Für meine Kurzgeschichten habe ich bereits mehrere Literaturpreise erhalten.

Der kleine Junge

Geschichten

Von Heidi Fasig

Titelbild: »Bindung«
Freie Künstlerin Maren Zint

www.heidifasig.de

1. Auflage, 2019

© Heidi Fasig. Alle Rechte vorbehalten.

Herstellung und Verlag:

BoD – Books on Demand Norderstedt

ISBN 9783750414907

www.heidifasig.de

Der Betthocker

Er hockte auf der Bettkante und wusste nicht, wie er da herunterkommen sollte. Wobei es sich keineswegs um ein Hochbett handelte. Vielmehr um ein normales handelsübliches Bett. Es war sogar handelsüblicher als viele andere Betten, da es nicht in seinem Schlafzimmer stand, sondern in einem Möbelhaus. Ein Ausstellungsstück. Ein Vorzeigeexemplar. Es zeigte vor, wie es sein könnte, wenn man dieses Bett zu Hause hatte.

Er war daran vorbeigelaufen, beim Besuch der Ausstellung. Immer seiner Frau und ihrer Freundin hinterher. Sie waren auf dem Weg ins Restaurant im obersten Stock gewesen. Kuchen und eine Tasse Kaffee hatte es geben sollen. 2,50 Euro pro Person und Gedeck. So schmeckte es denn auch. Das wusste er aus Erfahrung. Und bei dieser Erfahrung hatte er es belassen, hatte sie nicht um eine neue, deckungsgleiche Erfahrung erweitern wollen. Aber sie hatten darauf bestanden. Hannelore, die ihm angetraut und mehr als vertraut und Gitte ihre Freundin, die ihm unangenehm, aber Hannelore nicht abzugewöhnen war.

Der Kaffe-Kuchen Abklatsch hatte als Stärkung dienen sollen. Als ob man eine Stärkung brauchte, aber ihn fragte man ja nicht. Als Stärkung für den nachfolgenden Bummel durchs Möbelhaus, der hauptsächlich in der Lampenabteilung hatte erfolgen sollen. Die Wohnzimmerlampe hatte gestern beim Abendbrot den Geist aufgegeben. Alle Lampen des siebenarmigen Leuchters waren gleichzeitig erloschen und hatten die Mahlzeit, die sie, wie an jedem Abend am höhenverstellbaren Multifunktionstisch eingenommen hatten, vorzeitig beendet. Es hatte viel unnötige Rennerei seinerseits gegeben. Er hatte sofort gewusst, dass es nicht an der Sicherung, nicht an den einzelnen Glühbirnen oder an den Nachbarn gelegen hatte, die sich an der Stromversorgung zu schaffen gemacht hatten. Aber Hannelore hatte ihn mit ihren Worten vor sich hergetrieben und so hatte er alles abgeklärt. Wie ein Arzt hatte er zuletzt die Wände abgehorcht, ob irgendwo Strom zu hören wäre.

Und dann Hannelores endloses Telefonat mit Gitte, als sämtliche Nachforschungen nichts ergeben hatten. Er hatte schon im Bett gelegen und die Schattenspiele beobachtet, welche die Linde vor dem Fenster gemeinsam mit der Straßenlaterne an der Decke veranstaltete, als Hannelore auflegte und zu ihm stieß. Wortlos hatte sie die Vorhänge zugezogen.

Das Ergebnis des Telefonats war ihm erst am folgenden Morgen mitgeteilt worden. Der unumgängliche Möbelhausbesuch. Und jetzt hockte er hier auf der Bettkante und wusste nicht weiter. Hannelore und Gitte hatten sich noch nicht einmal nach ihm umgedreht, als er vor der Rolltreppe stehengeblieben war. Er hatte ihnen nachgesehen, wie sie munter plaudernd von den silbrig glänzenden Stufen emporgetragen wurden, dem Spargedeckhimmel entgegen. Nur einen Augenblick hatte er sich hier auf der Matratze ausruhen wollen. Aber mit jeder Minute, die verstrich, schien das Aufstehen unmöglicher zu werden. Schraubten sich die Beine des Bettes teleskopartig in die Höhe. Das Hinabspringen schien ihn das Leben kosten zu können.

Schließlich löste er die Klettverschlüsse seiner Schuhe, ließ sie in die Tiefe stürzen und legte sich hin. Hier gab es keine Schattenspiele an der Decke. Nur gleißende Lichter, die ihn unbarmherzig malträtierten, so dass er die Augen schließen musste.

Als er sie wieder öffnete, sah er Hannelores Gesicht von Licht umkränzt über sich. Nur der Weichzeichner fehlte. Insbesondere in ihrer Stimme, die sagte: »Sag mal, was fällt dir denn ein? Weißt du, dass wir überall nach dir gesucht haben? Nun komm, wir wollen Kuchen essen. Sonst wird es zu spät.« Er richtete sich mühsam auf, schwang die Beine über die Bettkante, nur um festzustellen, dass es immer noch nicht klappen würde, mit dem Aufstehen.

Hannelore stand bereits mit Gitte an der Rolltreppe. Ihre kerzengerade Haltung war ein Ausrufezeichen der Unzufriedenheit. Ihm fiel auf, dass er dies schon lange so empfand, aber noch nie zu benennen gewusst hatte. Neben ihm befand sich eine verspiegelte Säule. Er sah seinen zusammengesunkenen Oberkörper. Er war das Fragezeichen in ihrer Beziehung. Das stumme Fragezeichen, das das Ausrufezeichen reizte, wann immer es konnte. Ihm wurde schwindelig und er sank zurück in die Kissen. So viele Erkenntnisse in so kurzer Zeit. Und dies an einem Ort, den er tunlichst hatte meiden wollen.

»Heinrich?«, Hannelore stand wieder neben ihm und betrachtete ihn forschend. »Ist alles in Ordnung mit dir?«

»Geht ihr nur schon einmal hoch Kuchen essen. Ich möchte mich hier noch eine Weile ausruhen.«

»Ist dir nicht wohl?«

Er überlegte einen Augenblick. »Vielleicht könnte man es so bezeichnen.«

»Na gut. Wir gehen jetzt Kaffee trinken und holen dich anschließend hier ab. Und du wartest hier, verstanden?«

Er nickte brav. Sie entfernte sich nur zögernd und blickte sich auf der Rolltreppe noch einmal nach ihm um. Er hob die Hand zum Gruß, ließ den Arm auf halber Höhe aber wieder sinken. Zu viel Anstrengung. Erschöpfung übermannte ihn. Er schloss die Augen. Die Wärme der Lampen, die wie Sonnenstrahlen sein Gesicht beschienen, geleitete ihn in den Schlaf.

Die Stimme, die als nächstes zu ihm drang, kannte er nicht. Sie klang männlich, picklig und überfordert.

»Mein Herr? Mein Herr. Ich glaube sie sind eingeschlafen.«

Er wandte den Kopf. Seine Einschätzung des zur Stimme gehörenden Menschen war durchaus zutreffend. Vermutlich ein Auszubildender.

»Ja, ich bin eingeschlafen.«

»Nun. Das spricht ja für die Qualität unserer Ware, aber könnten sie jetzt bitte aufstehen?«

»Warum?« Er meinte diese Frage durchaus ernst. Denn wenn er die Entwicklung der letzten Stunde Revue passieren ließ, gab es tatsächlich keinen Grund diesen Ort zu verlassen.

»Na ja. Das ist hier nur zum Probeliegen und nicht zum Übernachten gedacht.« Der Junge lachte verlegen und wurde rot.

Heinrich setzte sich wieder probehalber auf die Bettkante und erkannte sofort, dass es noch nicht überstanden war. An Aufstehen war nach wie vor nicht zu denken.

»Ich denke, ich werde noch eine Weile hierbleiben«, sagte er deshalb zu dem jungen Verkäufer.

»Wie lange?«, fragte dieser zaghaft nach.

Heinrich überlegte wieder gründlich, ehe er antwortete: »Auf unbestimmte Zeit.«

»Da muss ich mal fragen«, murmelte der Jüngling und eilte davon.

Er holte nun erst seinen Vorgesetzten und als Heinrich auch dem zuliebe das Bett nicht verlassen wollte, riefen sie den Hausmanager hinzu.

Dieser zog sich einen in der Nähe stehenden kubusförmigen Betthocker heran und setzte sich mit entspannt auf den Knien abgelegten Armen vor ihn hin.

»Und wie stellen sie sich ihren Aufenthalt bei uns vor?«, wollte er wissen, während es um seine Mundwinkel verdächtig zuckte.

Heinrich hob die Schultern: »Ich weiß es nicht. Mir ist es nur gerade unmöglich aufzustehen und zu gehen.«

»So, so«, der Hausmanager nickte bedeutungsvoll mit dem Kopf und verfiel in nachdenkliches Schweigen, das niemand der Umstehenden zu unterbrechen wagte.

In dieses Schweigen platzten Hannelore und Gitte, die mittlerweile mit dem Kuchen essen fertig waren.

»Heinrich, was geht hier vor sich?«

Der Hausmanager wandte sich ihr zu: »Sind sie die Ehefrau?«

Einen Moment lang sah es so aus, als wolle sie dies abstreiten, entschied sich dann aber dagegen und hauchte: »Ja.«

»Vielleicht wären sie dann so freundlich ihrem Gatten etwas Nachtwäsche zu bringen. Offensichtlich möchte er die Bequemlichkeit unserer Betten ausgiebig testen.«

Hannelore lief rot an, ehe es aus ihr herausbrach: »Das werde ich keinesfalls tun. Er kann doch laufen. Ich weiß nicht, was das hier soll. Heinrich steh auf.«

Die letzten Worte waren kaum zu hören. Waren vielmehr ein leises Wimmern, das Worte enthielt, die genausogut etwas anderes hätten bedeuten können, aber Heinrich verstand es ganz genau. Und es sank in ihn ein zum Bodensatz der anderen Dinge, die sie in den vergangenen Jahren zu ihm gesagt hatte und blieb dort unverdaut liegen. Gitte nahm Hannelore am Arm und zog sie entschlossen mit sich fort. Der Hausleiter veranlasste, dass man ihm aus der Textilabteilung einen Schlafanzug brachte, als kleine Aufmerksamkeit des Hauses sozusagen und empfahl sich in den Feierabend.

Und irgendwann waren dann alle weg. Zurück blieb Heinrich. Er schaffte es trotz Schwindelgefühlen bis zur Toilette und zurück. So lange ihm niemand befahl aufzustehen, schien das Aufstehen selbst, nicht mehr das eigentliche Problem darzustellen. Im fahlen Licht der Notbeleuchtung saß er aufrecht im Bett und dachte nach. Oder vielmehr dachte es in ihm. Ein Prozess, den er nicht willentlich steuern konnte. Bilder tauchten in ihm auf. Von Vergangenem und Gegenwärtigem und vielleicht auch von Zukünftigem. So genau vermochte er es nicht einzuordnen, was da in ihm rumorte wie unverdautes Essen. Es war viel, was auf ihn einstürmte und neu geordnet, neu kategorisiert werden wollte. Und es hatte viel mit Fragezeichen und Ausrufezeichen zu tun. Trotz des entfallenen Abendessens verspürte er keinerlei Hunger. Im Gegenteil. Er war satt. Aber nicht satt im Sinne von vollgestopft, sondern mehr im Sinne von gut genährt. Er stellte irgendwann im Laufe dieser Nacht fest, dass er vollkommen zufrieden war. Mit sich und seiner Situation. Er hatte eine Entscheidung getroffen und es war gut so. Mehr galt es nicht zu tun. Irgendwann sank er in die Kissen zurück und schlummerte ein.

Am nächsten Tag brachte ihm tatsächlich einer der Angestellten Frühstück ans Bett. Als der Laden öffnete, blieb ab und zu einer der Kunden verblüfft vor ihm stehen und wunderte sich über den älteren Herren mit dem verwuschelten weißen Schopf, der dort im Pyjama im Bett hockte und zufrieden zurück linste. Im Laufe des Vormittags kam sogar der Möbelhausmanager vorbei und schüttelte ihm die Hand. Er fragte nicht, wann Heinrich aufzubrechen gedenke. Im Gegenteil, er fragte, ob alles zu seiner Zufriedenheit sei oder ob er irgendwas benötige, was Heinrich dankend verneinte. Gegen Mittag kam Hannelore in Begleitung von Gitte. Sie hatte verweinte Augen und ihre Stimme war brüchig, als sie ihn fragte, ob er mit heimkäme. Er hatte tiefes Mitgefühl mit ihr, aber allein beim Gedanken daran, seine Füße auf den Boden zu setzen und mit eben diesen Füßen zurück nach Hause zu gehen, überkam ihn heftige Übelkeit.

»Es tut mir leid«, sagte er hilflos.

Sie senkte den Blick, wandte sich wortlos ab und ging. Das Ausrufezeichen hatte sich über Nacht in ein Fragezeichen verwandelt.

Gegen Nachmittag fragte ein älterer Herr, ob er sich auf den Betthocker neben ihn setzen dürfe. Heinrich machte eine einladende Handbewegung und er nahm Platz. Im Gegensatz zu den Anderen schien er keineswegs überrascht zu sein, dass er dort im Bett saß. Es hatte etwas völlig Natürliches, wie er da neben ihm saß und schwieg.

Nach einer Weile stand er auf und bedankte sich bei ihm, Heinrich wusste nicht wofür und fuhr, ohne sich noch einmal umzublicken, die Rolltreppe hinunter.

Es sollte nicht bei einer Begegnung dieser Art bleiben. Am nächsten Tag waren es schon zwei Leute, die bei ihm rasteten und mit ihm schwiegen. Es wurden von Tag zu Tag mehr. Manche sagten auch etwas. Erzählten von ihrem Leben oder ihrer Familie oder vom nicht Vorhandensein derselben.

Er sagte nichts. Hörte nur zu. Und irgendwann gingen diese Menschen wieder. Und er hatte den Eindruck, dass sie das, was sie gesagt hatten, bei ihm zurückließen. Und es sank bei ihm ein. Und er verdaute es genauso, wie er sein eigenes Leben in jener ersten Nacht verdaut hatte, bis sich das Gesagte auflöste.

Irgendwann kamen die Leute nicht mehr nur zufällig bei ihm vorbei, sondern suchten ihn gezielt auf. Er erkannte dies daran, dass sie ihm Essen oder andere Kleinigkeiten wie Selbstgebasteltes oder Stofftiere vorbeibrachten.

Ein Mal am Tag kam Hannelore bei ihm vorbei. Anfangs brachte sie noch Gitte mit. Doch irgendwann kam sie allein. Sie saßen dann schweigend voreinander. Aber es war ein erfüllteres Schweigen, als Heinrich es jemals zuvor in ihrer Ehe erlebt hatte. Ab und zu fragte Hannelore ganz leise, als wolle sie das Schweigen nicht erschrecken: »Kommst du bald nach Hause, Heinrich?«

Er horchte dann in sich hinein und sagte: »Bald, Hannelore, es dauert nicht mehr lange.«

Dann nickte sie und sie setzten ihr Schweigen fort, bis Hannelore wieder nach Hause ging.

Eines Tages kam eine ältere Dame an Heinrichs Bett. Eine zierliche, fast schon ätherische Erscheinung im hellen Sommermantel mit rotem Hut. Sie sagte lange Zeit gar nichts, während er sie teilnahmsvoll ansah. Irgendwann hielt sie es nicht mehr aus und brach in Tränen aus. Er reichte ihr eins der Stofftaschentücher, welche das Möbelhaus ihm zu diesem Zweck zur Verfügung gestellt hatte. »Machen sie es sich schön. Ihr Möbelhaus« war darauf gedruckt.

Sie schnäuzte sich einmal kräftig hinein, bevor sie hervorstieß: »Sie wissen ja gar nicht wie das ist.« Er sah sie nur an.

»Oder doch?« Sie schien verwirrt, während er sie weiterhin nur voller Aufmerksamkeit betrachtete.

»Oh doch. Sie wissen genau, was in mir vorgeht. Das fühle ich.«

Er schwieg weiter.

»Ich weiß einfach nicht wie es weitergehen soll.«

Er rutschte an die Bettkante und ließ die Beine herunter. Das hatte er lange nicht mehr getan. Meistens rutschte er ganz hinten an das Bettende und lehnte sich an. Wollte etwas Abstand zwischen sich und den Besuchern schaffen. Aber mit dieser Besucherin war es anders. Sie berührte etwas in ihm und er wollte sie im Gegenzug ebenfalls berühren. Eine Geste, die ihr zeigte, dass er verstand. Während er noch überlegte, ob es schicklich sei, ihre Hand zu nehmen, glitt sein Blick zur Seite. Traf auf sein Spiegelbild in der Säule, das er zuletzt am Tag seiner Ankunft dort gesehen hatte. Und ihm fiel etwas auf. Obwohl seine Haare in alle Richtungen abstanden und er schlecht rasiert war, war noch eine andere Veränderung mit ihm vorgegangen. Er war kein Fragezeichen mehr. Er hatte sich während seines Aufenthaltes in diesem Bett in ein Ausrufezeichen verwandelt. Und das bedeutete etwas. Erregt sprang er auf.

Die Dame vor ihm schrak zusammen. »Sie stehen ja. Ich dachte sie wären gelähmt. So stand das zumindest in der Zeitung.«

»Ja ich stehe«, sagte Heinrich, »ich bin von meiner Lähmung geheilt.«

Er wies einladend auf die Bettstatt hinter sich: »Und ich lade sie herzlich ein, meinen Platz einzunehmen. Dann werden auch sie geheilt werden.«

Zögernd stand sie auf und setzte sich auf die Bettkante. Heinrich indes fühlte sich von neuer Tatkraft durchströmt. Er lief so, wie er war, in Schlafanzug und auf bloßen Füßen zur Rolltreppe und fuhr hinunter. Lief weiter. Winkte auf dem Weg nach draußen den Verkäufern zu, die ihm inzwischen zu Freunden geworden waren.

Dann stand er draußen, sog die Luft ein, die herrlich frisch seine Lunge durchströmte. Und während er noch da stand und atmete und schaute und sich freute, sah er Hannelore, die gerade aus dem Wagen stieg. Sie stieß einen spitzen Schrei aus.

»Heinrich, Du.«

»Ja Hannelore. Es ist Zeit. Zeit nach Hause zu kommen.«

Ganz behutsam umarmten sie sich, als könne das Neue, was sich gerade zwischen ihnen auftat durch eine zu stürmische Umarmung gleich wieder zerstört werden.

Und dann fuhren sie nach Hause.

Einige Tage später erhielt Heinrich einen Brief vom Möbelhaus. Darin dankte der Manager ihm für seinen unermüdlichen Einsatz und die erfolgreiche Marketingaktion, die sie gemeinsam auf die Beine gestellt hätten. Er wollte sich gerne bei Heinrich erkenntlich zeigen und ihm das Bett, in dem er so viele Stunden verbracht hatte, als Geschenk nach Hause liefern lassen. Doch nach Absprache mit Hannelore entschied Heinrich sich dann doch für eine Wohnzimmerlampe.

Meine Kartoffelphobie und ich

Ich weiß, dass jeder Mensch Lebensmittel hat, die er gern isst und wiederum andere die er nicht ausstehen kann. Das ist völlig normal und wird von Niemanden in Frage gestellt. Einige Menschen, die bei der Wahl ihrer Speisen besonders wählerisch sind, werden auch gerne mal als krüsch bezeichnet. Bis vor einigen Jahren war ich ein gern gesehener Gast bei Essenseinladungen, weil ich nahezu alles gegessen habe, was mir serviert wurde. Frei nach dem Motto: »Was der Simon nicht isst, muss erst noch angebaut werden.« Seit einem einschneidenden Erlebnis in meinem Leben gilt dieser Satz jedoch nicht mehr.

Es geschah an einem Sonntagnachmittag im Frühsommer. Der Tag begann harmlos. Mit Ausschlafen und der süßen Aussicht auf Nichtstun. Ich zappte ein wenig durch die Fernsehprogramme und blieb bei der ein oder anderen Dokumentation hängen. Nichts Aufregendes. Später beschloss ich, ein wenig aufzuräumen. Ich lebte allein, war den größten Teil der Zeit auf Arbeit und Chaos zu veranstalten, war nicht mein Ding. Denn aus meiner Sicht macht Aufräumen nur Spaß, wenn es nichts zum Aufräumen gibt. Außerdem sollte am nächsten Tag meine Putzfrau Marion kommen. Und mir war es peinlich, wenn sie meine Wohnung unordentlich vorfand.

Ich rückte also Stifte in rechte Winkel zu einem Schreibblock, warf etwas Altpapier weg und wischte einmal flüchtig mit einem Swiffer über die Oberflächen. Fertig.

Dann fiel mir ein, dass ich auch mal wieder meine Vorratskammer durchsehen könnte. Ich koche ganz passabel, aber selten. Der Aufwand für mich allein, ist mir meist zu groß und die Firmenkantine für Kantinenverhältnisse prächtig. Dadurch kommt es aber immer wieder zur Überbevorratung meinerseits, weil ich Sonderangebote schätze. Meine Ahnung trog nicht. In meiner Speisekammer befand sich noch ein 5 Kilonetz mit Kartoffeln, die mittlerweile mehr zur Zucht als zum Verzehr geeignet waren.

Ich trug meinen Fund in die Küche und schlitzte das Netz auf, um Kartoffeln und Verpackung getrennt zu entsorgen. Ein Fehler wie sich im Nachhinein herausstellte.

Ich wandte dem Sack den Rücken zu, um das Messer wieder in die Schublade zu packen. Wenn ich es recht bedenke, waren dies sogar gleich zwei Fehler auf einmal.

Als ich mich wieder den Kartoffeln zuwandte,

stutzte ich. Ich war mir absolut sicher, dass sich zuvor noch alle Kartoffeln im Netz befunden hatten. Nun aber saß – ich kann es nicht anders bezeichnen – eine Kartoffel am Rand der Anrichte und hatte ihr Beine, pardon Triebe übereinandergeschlagen. Aus kleinen weißen Augen sah sie mich durchdringend an.

Lange Zeit passierte gar nichts. Wir starrten uns an und ich hatte das ungute Gefühl gleich durchzudrehen, weil ich mir ein Blickduell mit einer Kartoffel lieferte. Dachte an Überarbeitung. War ja in letzter Zeit ganz schön viel auf der Arbeit gewesen. Vielleicht sollte ich die Kartoffel einfach wieder in das Netz stecken und ausnahmsweise, völlig ohne Mülltrennung raus in die Tonne befördern.

Weiter kam ich nicht in meinen Gedanken. Denn auf einmal drang aus Richtung der Kartoffel ein dumpfes, gutturales: »Du.«

Es klang fast wie ein Knurren. Ich wich einen Schritt zurück. Traute mich aber nicht, mich umzudrehen, um das Messer wieder aus der Schublade zu holen. Wobei ein Teil meines Gehirns mir signalisierte, dass es schon eine manifestere Form der psychischen Störung ist, wenn man einer Kartoffel nicht mehr den Rücken zudrehen mag.

»Du«, dröhnte es jetzt wieder aus Richtung der Kartoffel. Nun konnte ich auch den Schlitz sehen, aus der die Töne entwichen. Eine Art Mund oder Schnitt-wunde. Zugleich mit den Tönen entwich Stärke aus ihrem Inneren, so dass sie aussah, als habe sie Schaum vor dem Mund. Das machte mein Vertrauen in ihre Absichten nicht gerade größer.

»Du wagst es, uns so lange allein in einen dunk-len Raum zu sperren, um uns zu zermürben. Und jetzt willst du uns töten.«

Wie eine kleine Knolle so laute Töne in ihrem Körper bilden konnte, war mir unverständlich. Ich wagte es, meinen Blick von ihr abzuwenden und durch den Raum schweifen zu lassen. Vielleicht waren doch irgendwo Lautsprecher versteckt? Ein blöder Scherz von jemandem aus meinem weitläufigen Bekanntenkreis?

»Sieh mich gefälligst an, wenn ich mit dir rede.«

Nein, offensichtlich gab es keinen Lautsprecher.

Zu allem Übel kam nun auch Bewegung in die anderen Kartoffeln, die jetzt nach und nach aus dem Netz kletterten und sich auf meiner Küchenanrichte versammelten. Mir war speiübel. Ich weiß nicht, ob es an den vielen langen Trieben lag, die ihnen ein merk-würdiges Aussehen verliehen. Auf jeden Fall hatte die Truppe etwas mordlüsterndes, wie sie sich so vor mir aufbaute.

»Was hast du zu deiner Verteidigung zu sagen?«

Mein Kopf war absolut leer.

Heraus brachte ich nur ein kurzes: »Äh.«

»Das habe ich mir gedacht«, sagte die Kartoffel und machte dabei einen seltsam zufriedenen Eindruck auf mich. Als hätte ich keine wirkliche Chance gehabt, mich zu verteidigen, sondern mein Schicksal sei bereits besiegelt gewesen, als ich sie aus der Kammer geholt hatte.

Die Anführerkartoffel wandte sich jetzt an ihre Kumpane: »Linda, Linda, Linda, ihr wisst, was ihr zu tun habt.«

Die drei angesprochenen winkten nun ihrerseits ein paar Kumpels, mit denen sie gemeinsam von der Anrichte hopsten und aus der Küche stoben.

Eine spukte mir im Vorbeigehen Stärke ans Hosenbein. Das war der Punkt, an dem meiner Angst und Verwirrung Wut beigemengt wurde.

»Was soll das?«, rief ich, »warum stehe ich hier in meiner eigenen Küche und muss mich vor einer Bande Kartoffeln rechtfertigen, obwohl ich gar nicht weiß, was ich verbrochen habe? Hätte ich euch nicht vergessen, hätte ich euch schon lange gegessen. Denn, mein Gott, ihr seid doch Gemüse.«

Ein Raunen ging durch die Kartoffelmenge.

Die Augen des Anführers schienen sich zu Schlitzen zu verengen.

»Wir sind kein Gemüse, wir sind Nachtschatten-
gewächse. Damit hast du endgültig dein Urteil gefällt.
Packt ihn.«

Und mit etwas, das stark an Indianergeheul erinnerte, hopsten nun alle Kartoffeln bis auf den
Anführer von der Anrichte und rannten auf mich zu.
Ich schäme mich etwas, es zuzugeben, aber der Drang
vor einer Horde Kartoffeln davonzulaufen, wurde in
diesem Augenblick übermächtig.

Ich drehte mich um und lief aus der Küche. Mein
Blick Richtung rettender Wohnungstür traf auf eine
Räuberleiter aus Kartoffeln, die gerade mit Triumph-
geschrei meinen Wohnungsschlüssel abzogen. Einem
inneren Impuls folgend, wandte ich mich in die andere
Richtung. Zur Balkontür. Der Weg war frei. Ich hatte
nicht viel Zeit zum Überlegen, weil mir die Kartoffel-
horde dicht auf den Fersen war. Und so stürmte ich
zur Tür, drehte den Griff zur Seite, schwang sie auf,
hechtete auf den Balkon und zog die Tür hinter mir
ran. Ich machte mich darauf gefasst, die Tür mit aller
Kraft zuhalten zu müssen, aber das war nicht nötig.

Die Kartoffelbande kam zur Scheibe, hopste vor
Freude quiekend und schreiend davor herum und zer-
streute sich zu meinem Erstaunen dann in meiner
Wohnung.

Lediglich zwei Kartoffeln ließen sie zu meiner Bewachung zurück.

Eine Stimme in meinem Kopf sagte mir, wie albern ich mich verhielt. Mich von zwei Kartoffeln als Geisel auf meinem Balkon halten zu lassen. Aber eine andere Instanz in mir, hielt mein Verhalten durchaus für vernünftig. Gerade in Anbetracht der Entschlossenheit, die diese beiden Gesellen ausstrahlten. Wie sie die Triebe vor dem Bauch verschränkt hielten. Gruselig.

Nachdem wir uns eine Weile gegenseitig misstrauisch beäugt hatten, wagte ich es, mit der Scheibe als Sicherheitselement zwischen uns, mich abzuwenden und meine Fluchtmöglichkeiten zu sondieren.

Ich lehnte mich über die Balkonbrüstung und schaute nach unten. Hätte ich im Erdgeschoss gewohnt, hätte mein Leiden an dieser Stelle ein Ende gehabt, aber meine Wohnung lag im vierten Stock. Das nächste Regenrohr war zwei Balkons entfernt und selbst wenn es direkt neben mir verlaufen wäre, wagte ich zu bezweifeln, dass ich genug Körperbeherrschung gehabt hätte, um daran nach unten zu klettern.

Als schließlich nichts mehr zu tun blieb, setzte ich mich im Schneidersitz vor die Scheibe und sah mir an, was die Kartoffeln drinnen trieben. Anfangs sah ich sie ziellos im Wohnzimmer herumlaufen. Als sie

alles erkundet hatten, fing der beunruhigende Teil an.
Eine der Kartoffeln hatte es geschafft, den Fernseher
anzuschalten und während rings um mich her die
Dämmerung niedersank, hatten es sich die Kartoffeln
auf der Rückenlehne meines Sofas bequem gemacht
und ließen sich vom Programm berieseln. Erst die
Nachrichten, dann der Tatort. Nichts von dem schien
sie sonderlich zu berühren. Hätten sich direkt vor mir
auf der anderen Seite der Scheibe nicht ab und zu
meine beiden Bewacher bewegt, ich wäre versucht
gewesen zu glauben, dass die Kartoffeln gar nicht
mehr lebendig seien.

Es kam erst wieder Leben in die Truppe, als in
einer Pommeswerbung tiefgefrorene Kartoffelstäb-
chen in den Ofen geschoben wurden. Hatten sie dem
mordlüsternen Treiben im Krimi bislang stoisch
zugesehen, so ging jetzt ein gequältes Raunen durch
die Gruppe, das ich bis nach draußen hören konnte.
Die ersten begannen vom Sofa zu hopsen, auf der
Suche nach einer anderen Beschäftigung. Ein paar
liefen mit meinem Pflanzensprüher vorbei, mit dem
sie ihre Kameraden nassspritzten, die unter lautem
Quieken davonliefen, so schnell ihre Triebe sie trugen.

Sie bildeten auf dem Teppich einen Sitzkreis, in
deren Mitte sie eine Flasche Compo Obst- und
Gemüsedünger stellten, die sie im Küchenschrank

gefunden haben mussten. Unter gemeinsamen Anstrengungen füllten sie immer wieder ein Schnapsglas, dessen Inhalt sie sich über die Knolle kippten.

Es war zum Heulen. Ich hatte mittlerweile die Frage, ob ich gerade den Verstand verloren hatte, erfolgreich in den hintersten Winkel meines Gehirns verbannt und schwankte zwischen Wut, Verzweiflung und Fassungslosigkeit. Immer wieder flammte jedoch auch Erschöpfung auf, die immer mehr Raum einnahm, je weiter der Abend fortschritt. Schließlich baute ich mir aus den Sitzkissen und der Abdeckplane meiner Balkonmöbel ein provisorisches Nachtlager. Ich fiel in einen unruhigen Schlaf, aus dem ich immer wieder hochschrak, um mich zu vergewissern, dass keine der Kartoffeln Anstalten machte, zu mir auf den Balkon zu kommen.

Aber selbst meine beiden Bewacher waren es irgendwann leid geworden, mich durch die Tür im Auge zu behalten und hatten sich ihren feiernden Brüdern und Schwestern angeschlossen.

Schließlich musste ich doch in eine Tiefschlafphase gerutscht sein, denn ich erwachte vom Quietschen meiner Balkontür. Ich fuhr hoch, bereit mich gegen eine Kartoffelinvasion zu verteidigen. Da sah ich Marion in der Tür stehen. Noch nie war ich so glücklich gewesen, meine Putzfrau zu sehen. Ich ignorierte den Ausdruck von Sorge in ihrem Blick und umarmte sie wie ein Ertrinkender den Felsen, der aus der Brandung schaut. Ihr Geruch aus billigem Parfüm und Schnaps war mir in diesem Moment Heimat.

»Ach Simon«, sagte sie nur. Aber in diesen zwei Worten lag ein wehmütiges Verständnis, das nur sie an den Tag legen konnte. Beim Blick in mein Wohnzimmer wunderte es mich allerdings doch, dass sie so ruhig geblieben war.

Der Fernseher lief immer noch. Und während der Nachrichtensprecher mit betretener Miene davon berichtete, dass es in einem fernen Land ein Erdbeben gegeben habe und man noch mit Hochdruck nach den Verschütteten suche, stakste ich vorsichtig durch den Raum. Überall lagen leblose Kartoffeln. Es roch nach modriger Feuchtigkeit und nach Dünger, der im übrigen auch einen Fleckenkranz auf meiner Auslegeware hinterlassen hatte. Kissen lagen auf dem Boden verstreut.

Ich fühlte mich besudelter als der Raum, als ich diese Bilder in mich aufnahm. Zumal ich wusste, dass ich sie nie würde vergessen können.

Marion hatte während meiner Zimmerbegehung den Mülleimer aus der Küche geholt. Schweigend ließ sie sich auf den Knien nieder und fing an, die Überreste der Party einzusammeln.

Ohne mich anzusehen sagte sie: »Das wurde aber auch Zeit Simon. So ein aufgeräumter Mensch wie du. Das ist nicht normal. Das musste passieren.«

Ich war mir nicht ganz sicher, was sie meinte, ließ die Worte aber unkommentiert im Raum stehen, da mich schlagartig etwas anderes beschäftigte. Der Gedanke, dass die Kartoffeln vielleicht nur schliefen. Dass sie sich aus dem Müll befreien könnten.

Ich schnappte panisch nach Luft.

»Alles in Ordnung Simon?« Marion sah mich forschend an.

»Das geht so nicht«, brachte ich mühsam hervor. »Das mit dem Mülleimer da. Das ist nicht richtig.«

»Wolltest du die Kartoffeln noch essen? Das ist nicht gesund Simon. Du hättest sie vorher nicht noch düngen dürfen.« Ihre Stimme war sanft. Als spreche sie mit einem Kranken, der noch nicht vollständig wieder genesen sei und der Schonung bedürfe.

Aber ich war wieder voll da. Der Druck in meiner Brust verschwand im gleichen Maße, wie die Gewissheit zurückkam, was zu tun war und was ich wollte. Ich ging auf den Balkon und zerrte den Dreibeingrill aus der Ecke.

Rannte in die Abstellkammer und holte Kohle und Anzünder.

»Simon, auch gegrillt werden die Kartoffeln nicht schmecken«. Marions Stimme war jetzt nicht mehr ganz so sanft. Eher genervt. Ließ ich sie doch nicht die Arbeit tun, für die ich sie bezahlte. Normalerweise war ich immer auf Arbeit, wenn sie kam.

»Ich will sie nicht essen. Ich will sie feuerbestatten«, erklärte ich, während ich die Grillkohle einfüllte. Das verschlug meiner Putzfrau die Sprache. Während ich darauf wartete, dass die Kohle heiß wurde, brachte Marion uns zwei Gläser mit Whisky.

Einträchtig standen wir in der Morgensonne auf dem Balkon, nippten an unseren Gläsern und sahen den Flammen zu wie sie nach und nach, Schippe für Schippe die Kartoffeln aufzehrten.

Als die letzte Kartoffel zu Asche zerfallen war, machten Marion und ich uns schweigend ans Saubermachen.

Bis auf einen schemenhaften Rest Dünger auf meinem Teppich erinnert heute nichts mehr in meiner Wohnung an diesen Vorfall. Genauso unauffällig wirken die Narben auf meiner Seele, die diese 24 Stunden bei mir hinterlassen haben. Den größten Teil meines Lebens beeinträchtigt es nicht weiter. Die meisten Menschen halten mich bei oberflächlicher Betrachtung für einen beruflich erfolgreichen Mann mittleren

Alters. Nur Kartoffeln vermögen es bis zum heutigen Tag mich aus der Bahn zu werfen. Ich kann mich nicht mehr in einem Raum mit Kartoffelprodukten aufhalten, ohne Schweißausbrüche und Schwindelattacken zu bekommen. Und ich kann keinen Kontakt mit Frauen pflegen, die den Namen »Linda« tragen.

Eine Skizze von meinem Leben, wenn es neu wär

Bekäme ich mein Leben noch einmal geschenkt,
zum Geburtstag beispielsweise,
dann würde es in rotes Seidenpapier eingeschlagen
sein.
Das Papier würde vibrieren.
Nicht wie ein Handy.
So ganz zart. Ein aufgeregtes Zittern. Das Papier vor
Aufregung leicht feucht.
Ich würde es ganz behutsam auswickeln. Das Leben.
Das Papier nicht aufreißen.
Es vielmehr so behandeln, als wäre das Papier schon
das halbe Geschenk.
Dann würde ich das Leben eine Weile auf ein Regal-
brett stellen oder auf eine Kommode.
Irgendwohin, wo ich es gut sehen könnte.
Wo es mich daran erinnert, dass ich noch viel mit ihm
vorhabe.
Und eines Tages, wenn ich mich genug gefreut habe,
dass es da ist,
würde ich anfangen es zu leben.
Anfangs wäre das Leben noch jungfräulich. Nicht
weiß wie eine Leinwand, aber auch nicht ganz durch-
sichtig. Mehr milchig, neblig. Eine nebulöse Angelegenheit.
Und ich würde hineingehen, in diesen Nebel. Ohne

Furcht. Voller Freude. Denn ich wüsste: Ich kann mich in diesem Nebel nicht verlieren. Denn es ist ja mein Leben. Es passt auf mich auf.

Vielleicht würde ich voller Übermut anfangen zu rennen. Mitten in das Leben hinein. Denn ich könnte mich nicht stoßen. Das Leben wäre so neu, es hätte ja noch gar keine Ecken und Kanten.

Und irgendwann liefe ich vielleicht auch gegen eine Wand. Aber das wäre nicht schlimm. Denn die Wand wäre streichelweich und gäbe federnd nach. Ein vertikales Trampolin.

Ich würfe mich lachend dagegen, immer wieder, bis ich die Richtung änderte. Nicht weil ich es muss, weil ich es will, weil es noch so viel zu entdecken gäbe.

Und je weiter ich in diesem, meinem neuen Leben herumliefe, desto lichter würde es. Ein goldener Glanz auf allen Dingen, der alles wertvoll macht, was mir begegnet.

Jeden Baum und jeden Stein und auch die Erlebnisse.

Die Erheiternden, die Traurigen und auch die Schmachvollen. Denn sie sind alle im Lieferumfang enthalten und wollen gleichwertig erlebt werden.

Ich merke schon, ich gerate ins Schwärmen, wenn ich so an mein neues Leben denke.

Doch halt, was ist das?

Eben warf ich im Vorbeigehen einen Blick auf meine Kommode. Und sah, dass mein Leben dort noch steht und auf mich wartet.

Puzzle

Wir kommen als 1000 Teile Puzzle auf die Welt.

Ungeordnet.

Ohne Umkarton.

Unsere Eltern geben sich redlich Mühe, uns zusammenzusetzen.

Ein bisschen sortieren hier, ein wenig zusammenfügen dort.

Wenn sie schlau sind, geben sie irgendwann auf.

Und lassen uns gewähren.

Denn wir haben eine Idee unseres fertigen Bildes mit auf den Weg bekommen.

Je jünger wir sind, desto besseren Zugriff haben wir auf das Ursprungsbild.

Je älter wir werden und je mehr Versuche unsere Umgebung unternommen hat, uns zusammenzusetzen, desto nebulöser wird die Angelegenheit.

Manch einer ist so verzweifelt, wenn er mit seinem Puzzle nicht weiterkommt, dass er Andere dafür bezahlt, ihm zu helfen.

Wenn diese Menschen gut sind, setzen sie das ein oder andere Teil an die richtige Stelle.

Wenn sie nur überzeugt von sich sind, hämmern sie Teile an Plätze, die dafür überhaupt nicht vorgesehen sind.

»Aber dass das falsch ist, sieht doch jeder«, könnte

man nun einwenden.

Doch scheinbar nicht.

Sonst würde es nicht so viel krude zusammengesetzte Puzzle geben.

Aber kommt es darauf überhaupt an?

Dass jedes Teilchen an dem ihm zugedachten Platz ist?

Gibt es auch Raum für Interpretationen?

Und was ist, wenn Teile im Laufe des Lebens verlorengehen und man des Suchens überdrüssig ist?

Denn machen wir uns nichts vor. Manchmal ist es in den Ecken, in denen man suchen muss, ganz schön dunkel.

Dann hält man es vielleicht lieber mit den seltenen Exemplaren von Mensch, die ganz entspannt mit ihren Puzzleteilen umgehen.

Sie sortieren und probieren, wann sie Lust haben. Wenn sie ein Teil mal nicht finden, lassen sie achselzuckend eine Lücke.

Und wenn sie am Ende des Weges nur den äußeren Rahmen fertig haben, sind sie stolz, dass sie es überhaupt so weit gebracht haben.

Mit ihnen Puzzleteile zu tauschen, kann eine äußerst belebende Wirkung haben.

Und vielleicht stellt man sogar fest, dass dies die interessantesten Zeitgenossen sind.

Neulich habe ich jemanden getroffen, der seinen Umkarton gefunden hat. Vor Schreck hat er ihn sofort ins Altpapier getan. Von jetzt auf gleich zu wissen wie es ausgeht, konnte er schlichtweg nicht ertragen.

Ganz besonderen Respekt habe ich vor Menschen, die einen Großteil fertig haben und dann alle Teile wieder auseinandernehmen, um noch einmal von vorne anzufangen.

Sie sagen, das Puzzeln mache ihnen so großen Spaß, dass sie Angst haben, eines Tages damit fertig zu sein.

Denn was wäre das Leben ohne diese Aufgabe?

Sprachen, Sprache, Sprach

Sein Geburtstag war unbekannt. Er wurde als Säugling im Wald gefunden. Er war ein Kind, das wenig sprach.Anfangs wusste niemand recht, ob er sprechen konnte. Auch seine Adoptiveltern nicht. Sie saßen bei Tisch, er war schon vier, als er sagte: »Könnte mir bitte jemand die Kartoffeln reichen?«

Das Erstaunen war groß, glich fast schon Entsetzen. Doch diesem Wunder folgte kein Weiteres. Vorerst. Er blieb stumm für die nächsten zwei Jahre. Nachdem er eingeschult worden war, sagte er eines Morgens zu seiner Mutter: »How do you do?«

Niemand konnte sich erklären, woher er dies konnte. Auch weigerte er sich vehement, weitere Sätze zu sprechen, die Aufschluss darüber gegeben hätten. Er war schon in der Mitte seiner Jugend angekommen, als er dazu überging zumindest ein, zwei Mal am Tag einen kurzen Satz verlauten zu lassen. Es war für sein Umfeld jedes Mal eine Offenbarung. Was würde er heute sagen? Und in welcher Sprache? Inzwischen hatte man Sätze auf Deutsch, Englisch, Französisch, Spanisch, Mandarin und Farsi von ihm gehört.

Trotz oder vielleicht gerade wegen seiner Wort-
kargheit meisterte er sein Leben auf beeindruckende
Weise. Er fand eine Frau, die seine Schweigsamkeit
schätzte und die ihm einen Sohn gebar, der zur allgemeinen Erleichterung recht geschwätzig war.

Beruflich brachte er es zu hohem Ansehen. Man
hörte und achtete ihn. Seine Mitarbeiter standen in
dem Ruf, sehr gebildet zu sein. Sie lernten viele Spra-
chen, da sie nie sicher sein konnten, in welcher Sprache sie eine Anweisung erhalten würden. Und er
wiederholte nie einen Satz. Hob stets die Hand, bevor
er anhob zu reden, als wolle er zur Ruhe gemahnen
und sprach dann sehr langsam und deutlich, bevor er
sich für den Rest des Tages, manchmal auch für zwei,
in Schweigen hüllte.

Seinem Sekretär war es bei Strafe verboten,
Nachfragen bezüglich seiner Aussagen zu beant-
worten. Wer ihn nicht beim ersten Mal verstand, blieb
nie sehr lange im Unternehmen. Trotzdem oder vielleicht gerade deswegen hatte er die langjährigsten und
loyalsten Mitarbeiter. Sein Unternehmen stellte
Metronome her. Keine gewöhnlichen, wie man sie
zum Klavierspielen nutzt. Sie waren groß, fast wie
eine Standuhr. Es ließen sich verschiedene Geschwin-
digkeiten einstellen, je nach Bedarf.

Sie dienten in Familien, in denen Chaos und Unfrieden herrschte als Taktgeber, welcher die Mitglieder erstaunlich befriedete. Selbst wenn Verwandte zu Besuch kamen, gab es weniger Spannungen, weil alle sich im Gleichtakt bewegten, atmeten, sogar kauten.

Zu seinem 75. Geburtstag hielt er die längste Rede seines Lebens. Er sagte: »Mein Leben neigt sich langsam dem Ende zu. Deshalb will ich mich in die Natur zurückziehen, um in Eintracht mit ihr meinen Lebensabend zu beschließen.«

Am nächsten Tag kaufte er sich ein Zelt und zog damit zurück in die Wälder, in denen man ihn einst gefunden hatte. Seine Familie war verzweifelt. Seine Frau brachte ihm Essen in den Wald hinaus. Er lehnte es ab, weil er sich nur noch von den Früchten des Waldes ernähren wollte. Innerhalb kürzester Zeit nahm er stark ab und starb binnen Monatsfrist. Letzte Worte von ihm sind nicht überliefert. Sein Sohn konnte das Metronom-Werk nicht halten. Er gebrauchte zwar viele Worte, doch waren die Richtigen nicht dabei. Die Fabrik musste geschlossen werden. Die Menschen, die seine Metronome im Haushalt stehen hatten, empfanden diese als zunehmend unnütz. Sie hatten sich an den Frieden in ihren Familien gewöhnt und vergessen, was diese Harmonie erst ermöglicht hatte. Nach und nach warfen sie die Metronome fort. So kam der Unfrieden wieder in die Welt. Und weil von dem Metronomfabrikanten so wenig überliefert ist, erinnert sich kaum noch jemand an ihn und wie es einmal war. Es ist nur der Hauch einer Ahnung unter den Menschen zurückgeblieben, die sich seit langer Zeit nach neuen Taktgebern sehnen und sich dabei im Außen verlieren. Zifferblätter und Fitnessapps als neue Götzen verehren.

Doch vielleicht kommt irgendwann die Zeit, in der die Menschen anfangen, sich wieder nach Innen zu wenden. Und dabei feststellen, dass der beste Taktgeber der Welt in der eigenen Brust schlägt.

Statussymbole

Ich bin ein Menschenkind unserer Zeit.

Ich mag Sachen.

Sachen, die Geld kosten und die in möglichst hohem Ansehen bei meinen Mitmenschen stehen.

So besaß ich lange Zeit eine Gucci Sonnenbrille aus Barcelona, die ich bei einem Kreuzfahrtaufenhalt dort erstanden hatte.

Der letzte Satz befähigt mich zum Mitspielen in dieser Welt.

Kürzlich habe ich festgestellt, dass es eine Sonnenbrille gibt, mit der ich bei Schönwetter viel besser gucken kann und dass ich zwanzig Jahre für den schönen Schein nahezu gelitten habe.

Ich habe die Gucci Sonnenbrille, die am Nasensteg bereits Grünspan angesetzt hatte, fortgeworfen. Kein Staatsbegräbnis erster Güte, nein in die Abfalltonne, ganz profan. Es war beschämend einfach, sich einer Sache zu entledigen, die einst einen so hohen Stellenwert hatte.

Dann gibt es Sachen, die an mir kleben bleiben und meinen Konsum behindern.

Das Portemonnaie zum Beispiel, das ich von meinen Eltern zum 18. Geburtstag bekommen habe. Herrengeldbörse, schwarzes Echtleder, von Bugatti. Auf seine Art auch Status, aber unspektakulärer als die

Sonnenbrille, da es die meiste Zeit in meiner Handtasche schlummert und somit den Blicken meiner Mitmenschen entzogen ist. Ich will es seit Jahren durch eine weiblichere, farbenfrohere Variante ersetzen, aber es geht nicht.

Denn auch, wenn es inzwischen etwas abgewetzt aussieht, das Portemonnaie hält, hält und hält.

Und es erinnert mich an die Beziehung zu meinen Eltern, die auch hält, hält und hält, egal was in den vergangenen 40 Jahren passiert ist. Und an den Moment, als ich es mit meiner Mutter im Alsterhaus in Hamburg ausgesucht habe. Etwas, das es so nicht mehr gibt. Das Alsterhaus in der Form von damals und Einkaufsbummel mit meiner Mutter.

Warum sollte ich so eine Sache also fortwerfen?

Ich habe eine hellblaue Pappmappe mit Gummizug, die ich vor über 20 Jahren in einem Kaufhaus in Nizza erworben habe. Es ist nichts Besonderes an ihr. Mittlerweile ist sie sogar schon etwas fleckig. Auch sie will ich bereits seit Jahren durch etwas Neues, farbenfroheres ersetzen. Und auch hier schaffe ich es nicht. Weil diese Mappe Geschichte atmet. Meine Geschichte. Die Geschichte, wie ich nach dem Abitur eine Sprachreise machte und an der Situation scheiterte. Wie ich nach den Sprachreisezetteln dort alle möglichen Dokumente transportierte bis mir auffiel, dass ich sie neuerdings auch mit zu Lesungen nahm, um meine Skripte darin zu befördern.

Sie war bei meinen Literaturpreisverleihungen dabei. Und es war mir egal, dass sie abgeschabt und fleckig war. Sie war mein Maskottchen.

Und ich hoffe, dass, wenn ich fleckig und grau bin, ich auch nicht durch etwas neues Farbenfroheres ersetzt werde.

Dass mir meine Narben und Falten irgendwann genauso kostbar sind, wie die meines Portemonnaies und meiner Mappe. Weil sie nicht irgendeine Geschichte erzählen, sondern meine. Von Siegen und von Niederlagen, von Lachen und Weinen, von Wut und Freude.

Neulich habe ich aufgeräumt und ausgemistet und festgestellt, dass in jüngster Zeit keine statussymbolträchtigen Sachen mehr dazugekommen sind. Zumindest keine, die man für Geld kaufen kann.

Ich habe eine Familie. Eine Familie, die sich beim Abendessen zusammen an den Tisch setzt und sich erzählt wie ihr Tag war.

Ich habe zwei Katzen. Katzen, die weiches Fell und ein gutes Gespür dafür haben, wann ihr Mensch Trost braucht.

Ich habe genug zu Essen, manchmal zu viel, und genug Geld, um mir kleinen Luxus erlauben zu können, wie Frühstücken gehen mit einer Freundin.

Ich habe zwei gesunde Beine, auf denen ich die

Schönheiten der Natur erkunden kann.

Und schlussendlich habe ich mich und ich bin nicht immer, aber immer öfter für mich da.

Für all das bin ich dankbar und dieses Gefühl ist gratis, niemals abgeschabt und immer farbenfroh.

Und das beste Statussymbol, das ich in meinem Leben bisher gefunden habe.

Ich denke, ich möchte es behalten.

Esther

Ich sitze an einem runden Tisch, der einen ebenso runden drehbaren Aufsatz trägt und langweile mich. Oma wird heute 85. Vor fünf Jahren hat sie mich gebeten, sie nicht länger Oma, sondern künftig Esther zu nennen. Sie fühle sich sonst so alt. Meine Mutter darf immer noch Mutti zu ihr sagen.

Der runde Tisch, an dem sich alle noch lebenden Verwandten, in Summe 7, versammelt haben, steht in einem chinesischen Restaurant, wie es sie zu Hunderten gibt. Eines befindet sich 200 Meter Luftlinie von meinem Elternhaus entfernt. Warum dieses für den heutigen Anlass nicht gewählt wurde, sondern eines, das rund 80 km entfernt an der Ostsee liegt, weiß ich nicht. Zumal wir auf der Hinfahrt drei Mal anhalten mussten, weil Esthers Magen nicht mehr so stabil ist. Dabei sind wir auf der Autobahn rechte Spur hinter den LKWs geblieben, um ihren Körper und unsere Nerven zu schonen. Wie eine Trauerkolonne zuckelten wir dahin.

Jetzt sitzen wir hier und studieren die Speisekarte, als würden wir nicht alle die ewig gleichen Gerichte bestellen: Onkel Udo Ente süßsauer, Tante Gertrud Acht Kostbarkeiten, Papa gebratene Leber, Mama gebratene Nudeln, mein Bruder Philipp gebackenes Schweinefleisch und ich buddhistische Fastenspeise. Der Kellner kommt. Ich spreche die Bestellungen innerlich mit, um etwas zu tun zu haben. Esther will etwas mit Schwein und fragt, ob es auch Erbsen und Wurzeln gibt. Auch ein Klassiker. Der Kellner eilt davon, um zu fragen. Ich drehe am Tischaufsatz. Mama funkelt mich böse an. Philipp lacht. Jetzt funkelt Mama ihn böse an. Bei Familienfeiern benehmen mein Bruder und ich uns immer noch wie kleine Kinder. Philipp steht kurz vor dem Abitur, ich kurz vor dem ersten Staatsexamen.

Der Kellner kommt zurück und bedauert, keine Erbsen und Wurzeln in der Küche gefunden zu haben. Esther bestellt mit beleidigter Stimme Bami Goreng. Mama öffnet den Mund, mit Widerspruch in der Miene, schließt ihn jedoch tonlos wieder. Papa fragt Onke Udo, wie es in seiner Tankreinigungsfirma läuft. Bevor er antworten kann, fängt Esther übergangslos an, von früher zu erzählen. Dass sie Nichts hatten, schon gar keine chinesischen Restaurants. Dass die Weihnachten damals aber viel schöner gewesen seien als heute. Nicht so seelenlose Konsumfeste. Der Baum im Elternhaus prachtvoll geschmückt. Mit gelben Kerzen, roten Schleifen und rotbackigen Äpfeln. Eine Schau sei das gewesen.

Als sie das letzte Mal diese Geschichte erzählt hat, war der Baum noch kahl, weil sie keinen Schmuck hatten und die Äpfel wurmstichig. Ich schaue aus dem Fenster auf die glatte See, deren Grau mit dem gleichfarbigen Himmel zu einer Wand verschwimmt.

Die Geschichte von vergangenen Weihnachtsfesten geht nahtlos über in den Klassiker, der bei keiner Feier fehlen darf. Wie Opa damals mit dem VW Käfer die Turracher Höhe rückwärts hochfahren musste, weil sie so steil war. An Opa habe ich nur noch eine sehr verschwommene Erinnerung, weil er gestorben ist, als ich noch ganz klein war.

Das Essen kommt. Alle sagen: »Ah« und »Oh« und »Mensch, sieht das lecker aus.« Esther sagt: »Das habe ich nicht bestellt.«

Der Kellner stutzt. Papa entlässt ihn mit einer beruhigenden Handbewegung.

Tante Gertrud fragt: »Willst du meins, Mutti?«

Esther schiebt die Unterlippe vor, lässt sich dann aber die acht Kostbarkeiten rüberschieben. Alle kauen schweigend. Der Kellner kommt vorbei und fragt, ob alles recht sei. Esther legt ihm die blaugeäderte Hand auf den Arm und sagt: »Sie haben ganz wunderbar gekocht.«

Nach dem Essen versenken wir uns wieder in die Speisekarten. Die Ausbeute ist genauso wenig überraschend wie die Essensbestellung. 5 Espresso und ein gemischtes Eis mit Sahne für Philipp. Esther will nichts, sagt aber generös, dass wir es uns ruhig auf ihre Kosten gutgehen lassen können. Als der Kellner gegangen ist, sagt sie: »Aber ich möchte auch bald wieder los. Ich bin müde.«

Onkel Udo sagt: »Aber Mutti wir wollten doch noch ein paar Schritte an der Promenade.«

Esther sagt: »Nein, danach ist mir nun wirklich nicht.« Alle schweigen. Der Kellner nähert sich mit dem Eis und den 5 Espresso.

Esther sagt: »Ich muss mal aufs Klo.« Dabei schaut sie Mama herausfordernd an. Die erhebt sich brav und zieht den Rollator heran. Also jetzt.

Ich atme tief ein und sage: »Ich habe mein Studium abgebrochen und lebe jetzt in einem Zimmer in einer WG. Tagsüber gehe ich kellnern und Abends mache ich eine Ausbildung zur Yogalehrerin.«

Das Abstellen der Espressotassen durchschneidet die Stille wie Düsenjets, die die Schallmauer durchbrechen. Esther quengelt: »Ich muss. Mir ist schlecht.« Mama reißt ihren entsetzten Blick von mir los und stapft hinter ihrer Mutter her Richtung Toiletten.

Onkel Udo guckt auf seine im Schoß gefalteten Hände, Tante Gertrud schaut aus dem Fenster, Philipp verkneift sich mühsam ein Lachen.

Papa sagt: »Also darüber müssen wir noch mal in Ruhe reden Ulrike.« Es fehlt die Kraft hinter seinen Worten, die ihn früher so gefährlich gemacht hat.

Im nächsten Moment stürmt Mama an uns vorbei Richtung Tresen. Kurze Zeit später stürmt sie zurück, hinter ihr unser Kellner mit Eimer und Wischmopp.

Im Vorbeigehen sagt sie knapp: »Holt schon mal eure Jacken.«

Wir stürzen unsere Heißgetränke runter und Philipp nimmt nach drei weiteren Löffeln bedauernd Abschied von seinem Eis. Wir sitzen bereits in den Autos als Mama und Esther zu uns stoßen. Esther ist blass um die Nase. Als Mama sie auf den Beifahrersitz bugsiert, sagt Esther: »Das wäre alles nicht passiert, wenn sie Erbsen und Wurzeln gehabt hätten.«

Als ich sage, dass ich mit dem Zug zurückfahren will, erhebt niemand Einspruch.

Ein Jahr später. Ich habe 5 Kilo zugenommen. Die WG habe ich zusammen mit der Stadt gewechselt. Kellnern tue ich immer noch. Yoga habe ich aufgegeben.

Als ich einen Kuss auf das zerknitterte Pergament von Esthers Stirn drücke, glättet es sich kurz. Sie schlägt die Augen auf.

»Ulrike.« Es klingt wie ein Seufzen.

Genau wie Mama am Telefon. »Ulrike, Oma geht es sehr schlecht. Es wäre besser, wenn du sie demnächst besuchst, sonst...«

Der halbe Satz hing einen Augenblick in der Leitung und zog sich dann diskret zurück.

Jetzt sitze ich hier und weiß nicht, was ich sagen soll. Die Schwester kommt mit einem Tablett herein.

»Na, Frau Husung, werden sie denn heute eine Kleinigkeit essen?«

Esther wendet angewidert den Kopf ab. Als die Schwester weg ist, schiebt Esther das Tablett ein Stück zu mir rüber.

»Iss du, ich mag nicht«, flüstert sie.

»Du musst was essen, sonst...,« ich wende die Halbsatztechnik von Mama an. Doch dieses Satzfragment will sich nicht auflösen. Es steht drohend zwischen uns. Um etwas zu tun, schneide ich Esther ein Häppchen von dem kraftlosen Stück Fleisch ab, das auf dem Teller liegt und halte es ihr hin.

»Weißt Du«, sagt sie, »dass man in der Altenpflege nicht von Füttern spricht, sondern vom Essen reichen?«

Ich breche in Tränen aus. Eine Hand streichelt mir unbeholfen übers Haar. So viel körperliche Nähe habe ich mit ihr noch nie erlebt. Oder es ist so lange her, dass ich es nicht mehr erinnern kann.

»So schlimm?«, fragt sie.

»Vierter Monat«, sage ich schluchzend und spüre gleichzeitig, wie sie mir ein Taschentuch in die Hand drückt. Eines aus Stoff mit umhäkelter Kante.

»Das ist doch schön. Ich habe mich jedes Mal gefreut. Auch wenn es nie der passende Zeitpunkt war. Aber wenn man darauf wartet, ist das Leben vermutlich rum, bis man sich was traut. Und Leben in die Welt zu setzen, hat ganz gewiss was, mit sich trauen zu tun.«

Etwas, das so dicht an philosophischer Lebensweisheit grenzt, hätte ich ihr ehrlich gesagt gar nicht zugetraut.

»Nimm das Leben wie es kommt. Es geht schneller vorbei als man denkt«, fügt sie noch hinzu. Erschöpft schließt sie die Augen. Kurz darauf ertönt leises Schnarchen. Ich sitze noch eine Weile an ihrem Bett und betrachte ihr Gesicht. Und mir wird bewusst, wie wenig ich über sie weiß. Dass ich sie die letzten Jahre hauptsächlich auf nervigen Familienfesten gesehen habe und mir nie die Zeit genommen habe, wirklich mit ihr zu reden. Sie zu fragen, wie es für sie war. Das Leben. Vielleicht hätte ich von ihr lernen können, warum sich manches in dieser Familie so eigenartig anfühlt. Ich beschließe, sie bald wieder zu besuchen und das nachzuholen. Gerade in Bezug auf das neue Leben, das in mir wächst, finde ich es wichtig.

Drei Monate später. Irgendwie hat es mit dem bald wieder besuchen, nicht geklappt. Heute bin ich zwar wieder bei Esther, aber sie kann nichts mehr erzählen. Dafür sagen die Anderen umso mehr, als sie mich sehen.

»Also Ulrike, das ist doch nicht wahr.«

»Warum hast du denn nichts gesagt?«

»Und das als Überraschung auf Omas Beerdigung. Das finde ich nicht in Ordnung.«

»Und der Vater? Wo ist denn der Vater? Wir wussten gar nicht, dass du wieder einen Freund hast.«

Ich schiebe mich mit meinem Bauch in eine der Bänke der Aussegnungshalle und bin froh, als der Trauerredner das Wort ergreift. Dann sind die Anderen wenigstens still.

Das, was er sagt, hat bloß herzlich wenig mit der Esther zu tun, wie ich sie kannte. Er erzählt etwas von einer liebenden Ehefrau und Mutter. Und wie sie sich für ihre Familie aufgeopfert hat. Ein herzensguter Mensch.

Ich warte auf die alten Geschichten. Auf Weihnachtsbäume in wechselnder Dekoration. Auf chinesische Restaurants, in denen es zu ihrem Leidwesen keine Erbsen und Wurzeln gibt. Auf die Turracher Höhe. Auf das Leben, das genommen werden muss, wie es kommt. Hat dem Redner das denn keiner erzählt?

Irgendwann halte ich es nicht mehr aus und rutsche aus der Bank, in der ich zum Glück ganz außen sitze. Ich spüre die Blicke der Trauergäste im Rücken, als ich zur Tür gehe. Aber das ist mir egal. Ich will so nicht Abschied nehmen.

Ich gehe in eine nahegelegene Kirche und zünde dort eine Kerze für sie an. Wenn Philipp und ich als Kinder mit Mama und Papa in Urlaub gefahren sind, haben wir in allen Kirchen, die auf unserem Weg lagen, eine Kerze für die Verstorbenen angezündet, die uns nahe standen. Es fühlt sich wie eine verwunschene, längst vergangene Zeit an, in der manches einfacher war. Nur, dass ich es damals nicht so empfunden habe. Ich fühle Tränen meine Wangen hinunterlaufen und weiß nicht, ob ich die Kerze wirklich für Esther oder als Abschiedsgruß an meine Kindheit angezündet habe. Außerdem bin ich traurig, weil ich nicht weiß, ob Esther das mit der Kerze gut gefunden hätte. Auf der Suche nach einem Taschentuch, merke ich, dass ich ihr Stofftaschentuch mit der umhäkelten Kante in der Tasche habe. Ich fummel in meiner Handtasche nach einem Kuli und schreibe auf das Taschentuch: »Tschüß Esther. Ich hoffe, sie haben im Himmel ausreichend Erbsen und Wurzeln. Deine Ulrike.« Dann hänge ich das Taschentuch an die Pinnwand mit den Fürbitten und gehe.

Zwei Monate später. Es waren die längsten zwölf Stunden meines Lebens. Aber jetzt ist sie da und guckt mich aus ihren blauen Augen aufmerksam an. Meine Tochter Esther.

Die Patientin

Ihre Haare waren einen Hauch zu blond, als dass die Farbe hätte echt sein können. Und auch der Bronzeton ihrer Haut wirkte nicht, als wäre allein die Sonne ursächlich gewesen. Aber das Strahlen ihrer Augen, das war echt. Auch wenn es das war, was ihn am Meisten irritierte, als er ins Sprechzimmer kam. Hier war nicht der Ort für sonnige Gemüter. Hierher kamen die Gebrochenen und Geknechteten, um ihr Herz auszuschütten und von ihm Linderung zu erfahren.

Er war verwirrt. Kein guter Anfang für eine Neubehandlung. Er rühmte sich, sehr klar zu sein, mit sich und seinen Patienten. Meist wusste er schon, während er in seinem Ledersessel hinter dem Schreibtisch Platz nahm und sein Gegenüber in Augenschein nahm, was das Problem war. Er sah es im Ausdruck ihrer Augen, in den Linien um den Mund, in der Neigung des Kopfes, in den hängenden oder hochgezogenen Schultern. Es war ihm über die Jahre fast schon langweilig geworden, mit seinen Prognosen immer Recht zu haben, aber es brachte ihm gutes Geld ein. Und so fuhr er mit dieser Tätigkeit fort, auch wenn er sich in seinen stillen Stunden, wenn er mit dem Cognacschwenker vor dem Panoramafenster in seinem Wohnzimmer saß, fragte, wie lange es noch so weitergehen sollte. Aber diese Frage gehörte nicht hierher. Nur die Frage, warum sie der Weg zu ihm geführt hatte. Wie sie so kerzengerade in ihrem champagnerfarbenen Kostüm vor ihm saß, die Beine züchtig übereinandergeschlagen, strahlte sie eine Vitalität aus, die an Beleidigung grenzte. Ein Hauch von Besorgnis lag in ihrer Miene, wirkte aber nur wie ein flüchtiger Schatten, im Gegensatz zu den tiefen Furchen, die sonst die Gesichter seiner Patienten prägten.

»Guten Morgen. Was führt sie zu mir?«

Der Schatten in ihrem Gesicht vertiefte sich um ein Winziges.

»Ich bin gekommen, damit sie mir helfen.«

»Das will ich gerne tun, aber sagen sie mir doch bitte zunächst, was ihr Problem ist.«

Jetzt wirkte sie aufrichtig verzweifelt. Seine aufkeimende Zufriedenheit zerfiel jedoch jäh wieder zu Staub, als sie sagte:

»Das ist ja mein Problem. Ich habe keins.«

»Wie sie haben kein Problem? Warum sind sie dann hier?«

»Na, das sagte ich doch. Eben weil ich kein Problem habe.«

»Verstehe ich sie richtig? Sie konsultieren mich, weil sie das Problem haben kein Problem zu haben?«

Ihre Miene glättete sich und sie sah wieder genauso still vergnügt aus wie in dem Moment, als er den Raum betreten hatte.

»Ja genau. Sie sind wirklich genauso gut, wie mir gesagt wurde.«

Er war verwirrt.

»Entschuldigung, aber womit kann ich ihnen denn dienlich sein, wenn nicht mit der Lösung eines oder mehrerer Lebensprobleme? Das ist zumindest das Ziel, mit dem meine Patienten normalerweise zu mir zu kommen pflegen.«

Sie winkte ab. »Probleme haben kann jeder. Jeder in meinem Umfeld hat einen Haufen davon. Aber Probleme zu erschaffen, ist doch die Kunst wie mir mittlerweile scheint.«

»Wie bitte?«

Sie lehnte sich so weit über den Schreibtisch, dass die für ihn angenehme körperliche Distanz bedrohlich unterschritten wurde und fuhr in leisem vertraulichem Ton fort:

»Sie müssen wissen, mir droht mein ganzes soziales Umfeld zu entgleiten, allein aus der Tatsache heraus, dass ich kein Problem habe.«

Mittlerweile war er nicht mehr nur verwirrt, ihm war richtiggehend schwindelig. Sollte hier eine schwere Psychose vorliegen? Aber ihre Ausstrahlung passte einfach nicht dazu.

»Sie wollen also, dass ich ihnen ein Problem kreiiere, um ihr Umfeld zufriedenzustellen?«, fragte er vorsichtig, wie ein Schlittschuhläufer, der mitten auf einer Eisfläche befürchtet, dass das Eis doch nicht so tragfähig ist, wie man ihm ursprünglich zugesichert hat.

»Ja, genau. Sie müssen mir helfen, meinen Problemen auf die Schliche zu kommen. Da offensichtlich die ganze Menschheit eins bis mehrere hat, habe ich meine wohl so gut verdrängt, dass ich sie schon gar nicht mehr bemerke.«

Während sie dies sagte, wirkte sie so glücklich, dass er sie am liebsten sofort gefragt hätte, ob sie nicht mit ihm nach der Sitzung einen Kaffee trinken möge, einfach um sich noch weiter in ihrer Aura zu sonnen. Er kam aber sofort zu dem Schluss, dass dies höchst unprofessionell wäre. Also lehnte er sich, so weit er konnte zurück, um sich nicht an ihren Strahlen zu verbrennen, und feuerte die erste Frage ab. Einen Klassiker.

»Wie ich am Ring an ihrer rechten Hand sehe, sind sie verheiratet. Wie steht es um ihre Ehe?«

Sie lächelte ihn an. »Sehr gut.«

»Sie sind glücklich zusammen? Haben gemeinsame Interessen, die sie pflegen? Ein für beide Seiten befriedigendes Sexualleben?«

Sie schüttelte den Kopf.

»Mein Mann und ich haben getrennte Schlafzimmer, seitdem die Kinder ausgezogen sind. Wir nehmen hin und wieder gemeinsame Mahlzeiten ein, wenn uns danach ist, gehen aber ansonsten jeder unserer Wege. Mein Mann ist manchmal auch wochenlang nicht zu Hause, weil er zeitweilig bei seiner Freundin wohnt. Aber das ist für mich kein Problem, falls sie das denken sollten. Mir ist momentan nicht nach einer festen Beziehung. Ich ziehe kurze Affären, die über das Körperliche nicht hinausgehen, vor.«

Sein Stift kreiste kurz über dem Papier, auf dem er ihre Antwort stichwortartig notieren wollte. Eine altmodische Vorgehensweise, die bei vielen Kollegen bereits durch das Mitschreiben am Computer ersetzt worden war. Für ihn war es jedoch immer noch bewährte Praxis. Im Moment war er indes zu verwirrt, um das eben Gehörte in Worte zu fassen. Stattdessen fragte er:

»Und das nennen sie eine glückliche Ehe?«

»Wenn beide Seiten damit leben können, warum denn nicht? Was verstehen sie denn unter einer glücklichen Ehe?«

Solche Rückfragen beantwortete er nie, um sich

nicht in Vertraulichkeiten verwickeln zu lassen. Dennoch hatte sie ihn kalt erwischt und sofort tauchte vor seinem geistigen Auge, seine Frau auf. Wie sie mit der Sporttasche unter dem Arm das Haus verließ. Auf dem Weg zum Workout. Einmal hatte er einen Blick in die offene Tasche geworfen, als sie zurück war und unter der Dusche stand. Die Sportkleidung darin war unberührt gewesen und roch noch nach dem Weichspüler, den sie verwendete. Er dachte an die vielen Nächte, die sie Rücken an Rücken verbrachten. An die Partys von gemeinsamen Freunden, die sie gemeinsam betraten und verließen, während sie sich zwischenzeitlich komplett aus den Augen verloren.

Als er aus seinen Gedanken wieder auftauchte, sah er, dass ihr Blick mitleidig auf ihm ruhte.

»Nun gut«, sagte er hastig, »wenn ihre Ehe für sie so zufriedenstellend ist, dann kommen wir zu den Kindern. Läuft dort alles gut?«

Sie zuckte die Schultern. »Wie es halt so läuft, wenn die Kinder erwachsen sind. Unser Sohn hat sich letztes Jahr als homosexuell geoutet und lebt mit seinem Freund in Amsterdam. Dort haben sie gemeinsam ein Pflanzengeschäft eröffnet, das offensichtlich gut läuft. Und unsere Tochter hat gerade ihr Studium abgebrochen und ist erst mal nach Indien gereist, um herauszufinden, was sie wirklich will. Das ist aber auch nur zu verständlich nach der Abtreibung, die sie hinter sich hat. Aber ich sag immer: Hauptsache sie sind auf ihrem Weg.«

Er war mit seinen Aufzeichnungen jetzt schon in unaufholbaren Rückstand geraten.

»Und das empfinden sie alles nicht als Problem?«

»Nein, wieso? Ich empfinde das als Leben.«

Er schluckte: »Und wie geht es ihnen gesundheitlich?«

»Großartig. Na ja, ich spüre die Wechseljahre. Sie wissen schon. Ich schlafe schlecht ein. Die Gefühle fahren hin und wieder Achterbahn. Aber nichts, was in dieser Phase beunruhigend wäre.«

Er griff zum Rezeptblock. »Also wenn sie wollen, können wir dagegen etwas tun. Die Gefühlsschwankungen lassen sich abmildern. Die Schlafstörungen sind ebenfalls behandelbar.«

Sie winkte ab. »Das ist doch alles normal. Es heißt doch nicht umsonst Wechseljahre. Wo kämen wir denn dahin, wenn ich nicht mal ein bisschen wach läge, und über mein Leben nachdächte. Ich muss doch herausfinden, wie ich mein restliches Leben gestalten möchte. Ich sage immer: Das Beste liegt noch vor mir.«

Er war über sich selbst erstaunt, dass ihre Sonnigkeit ihm allmählich auf die Nerven ging. War er das

Unglück anderer Leute so gewohnt, dass er mit Zufriedenheit nicht mehr umgehen konnte?

Er atmete tief durch, um seiner Stimme wieder professionelles Timbre zu verleihen, bevor er fragte: »Und weshalb genau wollen sie jetzt, dass ich mit ihnen nach Problemen suche?«

Sie rang die Hände. »Meine Freundinnen fangen an, mich zu meiden. Sie können es nicht ertragen, dass ich mit meinem Leben zufrieden bin, wie es ist. Neulich hat mir Eine gesagt, sie könne es langsam nicht mehr hören, wie ich immer versuche, ihr einzureden an ihrem Leben sei ebenfalls nichts auszusetzen.«

»Hat ihre Freundin denn große Probleme?«

»Ihre Mutter ist vor ein paar Monaten gestorben und zeitgleich hat sie herausgefunden, dass ihr Mann eine Affäre mit einer zwanzig Jahre Jüngeren hat. Aber mein Gott. Das ist doch normal in unserem Alter, das solche Dinge passieren. Das Leben ist nun mal ein Fluss und keine Kathedrale, deren Zustand wir panisch erhalten müssen.«

Ihre Wangen hatten rote Flecken angenommen.

»Vielleicht verdrängen sie doch einen ganze Menge. Immerhin hat ihr Mann eine Freundin und ihre Kinder gehen auch Wege, mit denen sie wohl nicht gerechnet hätten.«

»Na und? Wie ich herausgefunden habe, ist das

Schlimmste, was wir machen können, mit irgendetwas zu rechnen. Wir spielen dabei mit zu vielen Variablen, auf die wir keinen Einfluss haben. Wir müssen einfach mitfließen. Nehmen, was da ist. Nicht immer jammern, dass wir das nicht bekommen haben, was wir uns vorgestellt haben. Damit leben, was wir bekommen. Natürlich habe ich alle Emotionen durchlaufen, die mit Veränderungen im Leben einhergehen. Ich habe gelitten, als mein Mann das erste Mal eine Affäre hatte. Ich war zornig, traurig, niedergeschlagen, verzweifelt. Alles, was man sich vorstellen kann. Aber dazu ist doch das gesamte Gefühlsspektrum da. Um sich auszudrücken. Um Sachen zu verarbeiten. Die Dinge in unserem Leben in ihrem »So sein« zu würdigen. Und wenn wir das getan haben, fließt das Leben mit uns weiter. Permanent. Da brauchen wir uns gar keine Sorgen zu machen. Wenn nur endlich alle aufhören wollten, das Leben als Problem zu betrachten. Das ist es nämlich ganz und gar nicht.«

Sie atmete heftig, als sie sich erhob und ihm die Hand hinstreckte.

»Ich danke ihnen. Sie sind ein ganz hervorragender Therapeut. Ich habe heute tatsächlic wieder etwas über mich gelernt. Freundinnen, die mich als Problem betrachten, brauche ich nicht. Sie haben mir sehr dabei geholfen, dies herauszufinden. Schreiben sie mir gerne eine überhöhte Rechnung. Dann habe ich noch mehr das Gefühl, dass sich der Termin heute gelohnt hat. Leben sie wohl.«

Er ergriff die ihm dargebotene Hand, welche die Seine erstaunlich kräftig umschloss. Aber nur für wenige Augenblicke, dann war sowohl die Hand als auch seine Besitzerin fort. Energischen Schrittes durch die Tür hinaus. Zurück blieb nur ein Hauch von Parfum und die Erinnerung an den Händedruck.

Er blieb noch geraume Weile reglos in seinem Ledersessel sitzen. Betrachtete das weiße Blatt Papier vor sich, auf dem lediglich ganz oben der Name der Patientin stand. Irgendwann ergriff er das Papier, riss es in kleine Stücke und warf es in den Papierkorb zu seiner Rechten, wo er schon immer gestanden hatte und auch weiterhin stehen würde.

Er empfing den nächsten Patienten und den nächsten und immer so fort.

Und wenn er später an jenen Tag zurückdachte, an dem er diese Patientin in seinem Sprechzimmer vorgefunden hatte, kam es ihm von Mal zu Mal unwirklicher vor. Als habe dieses Treffen nie stattgefunden. Er hatte keine Akte über sie angelegt und er hatte ihr nie eine Rechnung geschrieben. Und war ihr Haar nicht eine Spur zu blond und ihr Teint nicht einen Hauch zu gebräunt gewesen, um echt zu sein?

Mein rechter, rechter Platz ist frei

Ich habe eine neue Freundin. Sie heißt Cordula, isst gerne Algen in Tablettenform und ihr rechter Ringfinger der linken Hand ist länger als ihr mittlerer Finger. Es gibt mit Sicherheit noch andere bemerkenswerte Dinge über sie zu erzählen, aber wir sind gerade auf dem Weg zur Geburtstagsfeier ihrer Mutter, auf der sie mich allen Verwandten vorstellen will. Das macht mich nervös. Und wenn ich nervös bin, funktioniert mein Gehirn nicht mehr richtig und spuckt nur noch Informationen aus, die an Detailreichtum unübertroffen, aber für die Fortführung des normalen Lebens unbrauchbar sind. Gepaart mit einer gewissen Geistesabwesenheit bin ich für mein Umfeld in diesem Zustand nur schwer zu ertragen.

Das mag auch der Grund dafür sein, dass mir erst jetzt auffällt, dass Cordula mir die Eingangstür zu einem Mehrparteienhaus aufhält und Worte aus ihrem Mund kommen. Dabei strahlt sie mich an. Das heißt, eigentlich funkelt sie mich an und die Worte klingen mehr gezischt als gesprochen. »Thorben, jetzt komm endlich.«

Sie scheint genauso aufgeregt zu sein wie ich. Wieder eine wundervolle Gemeinsamkeit. Ich bin so glücklich. Ein Freund sagte kürzlich zu mir, er wisse nicht, ob diese Beziehung gut für mich sei. Ich sei zwar immer neben der Spur, wenn ich eine neue Freundin hätte, aber so grenzdebil wie jetzt, hätte ich mich noch nie verhalten.

An der Wohnungstür erwarten uns schon Cordulas Eltern. Peggy und Detlef. Sie sehen aus wie aus einem Ritter Sport Schokoladenwerbespot. Zumindest wenn man die Kernaussage als Grundlage nimmt: »Quadratisch, praktisch, gut«. Cordula ist groß und zierlich. »Vielleicht ist Cordula adoptiert«, denke ich. Als ich meine Freundin neben mir erschrocken einatmen höre, weiß ich, dass ich laut gedacht habe.

Peggy und Detlef lächeln unsicher und bitten uns, einzutreten. Mir fällt das Geschenk ein, dass wir auf Cordulas Geheiß noch schnell im Blumenladen besorgt haben und mir fällt auf, dass wir es draußen im Auto vergessen haben. Kann andererseits aber nicht sein, weil wir zu Fuß hier sind. Haben wir ein Geschenk besorgt oder hatten wir nur darüber gesprochen?

»Thorben.« Ein Knuff von meiner Liebsten holt mich in die Wirklichkeit zurück. Wir sind mittlerweile im Wohnzimmer angekommen, das gleichzeitig das Esszimmer ist, was ich verwirrend finde. Sofa und Esstisch gehören in meiner Welt in verschiedene

Räume, sonst wird es unübersichtlich. Zudem befindet sich vor mir eine schier unüberschaubare Anzahl an Menschen.

»Gut, dass es in Deutschland Versammlungsfreiheit gibt«, sage ich möglichst lässig und hebe die Hand zum Gruß. Spiegelneuronen sei dank heben die meisten ebenfalls ihren Arm. Vielleicht denken sie aber auch, dass ich die Geburtstagsüberraschung bin, die hier gymnastische Übungen anleiten soll.

Nur ein grauhaariger Typ auf dem Sofa macht nicht mit und schaut durch mich hindurch. Er ist mir sofort sympathisch. Um mich aus dem allgemeinen Fokus zu entfernen, setze ich mich schnell auf den freien Platz neben ihm. Ohne aus seiner Erstarrung zu erwachen, sagt er tonlos: »Da können sie nicht sitzen.«

Als ich mich wieder erheben will, in der Annahme, dass bereits jemand ältere Rechte auf den Platz hat, legt sich eine Hand auf meine Schulter und drückt mich wieder zurück. Cordula. Ich merke, wie sich ein Strahlen auf meinem Gesicht ausbreitet.

»Bleib ruhig da sitzen.« Sie wirft einen unwirschen Blick auf meinen Sitznachbarn. »Fred ist da manchmal etwas eigen.«

Bei Nennung seines Namens kehrt das Leben in Freds Augen zurück.

»Ich bin keineswegs eigen liebe Nichte. Ich habe bloß schon Vorbereitungen für unser erstes Spiel getroffen und dafür muss dieser Platz nun einmal frei bleiben.«

»Wir spielen nicht mehr mit Dir lieber Onkel und du weißt auch ganz genau warum.«

Cordula hat jetzt einen stahlharten Ausdruck im Gesicht und ich beschließe immer lieb zu ihr zu sein, damit sie mich nicht mal so anguckt. Ich würde auf der Stelle für immer und ewig versteinern. Als sie sich mir zuwendet, ist sie wieder zuckersüß.

»Ich stell dir jetzt mal alle vor.«

Bei näherer Betrachtung, befinden sich außer Cordula und ihren Eltern doch nur vier weitere Menschen im Raum. Hätte schwören können, es wären mehr. Der Herr neben mir ist Cordulas Onkel Fred, auf meiner anderen Seite sitzt seine Frau Doris. Neben ihr sitzen wiederum Georg und seine Frau Waltraut, Nachbarn von Peggy und Detlef. Wir nicken uns alle freundlich zu, dann bittet Peggy uns auch schon zu Tisch. Der Kuchen sieht aus wie ein Maulwurfshügel. Ich wage aber nicht, dies zu äußern, aus Angst was Falsches zu sagen.

Waltraut sagt: »Wie entzückend Peggy, du hast ja eine Maulwurftorte gebacken.«

Peggy sagt: »Ja, ich finde die Form so witzig und außerdem schmeckt sie auch noch gut.«

Ich sage: »Ich habe zuerst gesehen, dass es eine Maulwurftorte ist.«

Daraufhin sagt lange keiner mehr was. Man hört nur das gleichmäßige Kauen und Schlucken der Anwesenden. Als Fred sein Stück Kuchen aufgegessen hat, steht er auf und geht zurück zu seinem Platz auf dem Sofa.

»So, jetzt wird gespielt.«

Alle bis auf mich schreien: »Nein.«

Mir fällt vor Schreck die Tasse aus der Hand. Der Zentimeter Kaffee, der noch drin war, entfaltet sich als Rohrschachkleks auf der weißen Tischdecke. Sofort sind alle anwesenden Frauen um mich versammelt und tupfen und rubbeln was das Zeug hält. Als Doris anfängt, auch in meinem Schritt zu tupfen, wo es nichts zu tupfen gibt, gebiete ich dem Treiben Einhalt, indem ich aufstehe.

»Ah, ein Mitspieler«, freut sich Fred, klopft auf die Sitzfläche neben sich und ruft: »Mein rechter, rechter Platz ist frei, ich wünsche mir den Thorben herbei.« Um mich herum bricht erneut Tumult aus.

»Nein, tu es nicht.«

»Setz dich nicht dahin.«

Ich hebe beschwichtigend die Hände.

»Auf meiner Hose ist kein Kaffee. Dem Sofa wird nichts passieren.«

»Darum geht es nicht.« Cordula greift nach meinem Arm, aber ich weiche mit einer wie ich finde, eleganten Drehung mit Ausfallschritt aus, überwinde mit zwei weiteren Schritten die Distanz zum Sofa und lasse mich neben Fred auf das Sofa plumpsen.

Der sieht mich mit einem verzückten Ausdruck im Gesicht an.

»Da ist er ja, der Thorben.« Sein Grinsen nimmt fast die Ausmaße der Grinsekatze von Alice im Wunderland an, als er fortfährt: »Jetzt wollen wir den Platz für den nächsten frei machen.«

Ich bin erstaunt, weil ich die Spielregeln irgendwie anders in Erinnerung hatte, will mich aber brav wieder erheben, um den guten Eindruck nicht zu zerstören, den ich bis jetzt hoffentlich gemacht habe.

Fred hält mich zurück, indem er eine Hand auf meinen linken Arm legt. »Nicht nötig. Das lösen wir anders.« Das Wort »lösen« betont er übermäßig.

Ich habe auf einmal ein merkwürdiges Gefühl in meiner linken Hand. Beim Blick dorthin, fällt mir auf, dass meine Hand nicht mehr zu sehen ist, und auch mein Arm beginnt, sich allmählich aufzulösen. Während ich noch damit beschäftigt bin, diese Tatsache in mein bisheriges Leben einzuordnen, kommt wieder Leben in die Kaffeetischgruppe.

»Wir müssen ihn erden«, schreit Waltraut und bewirft mich mit einer Handvoll Maulwurfkuchen.« Ich überlege, ob ich ihr erklären soll, dass der Kuchen zwar nach einem Erdhügel benannt ist, aber keineswegs aus selbigem besteht, als ich höre, dass Cordula meinen Namen ruft.

»Thorben, hör mir zu. Hast du heute morgen die Algen Tabletten genommen, die ich dir gegeben habe?«

Ich überlege, während das seltsame Gefühl, das an Taubheit grenzt, weiter meinen Arm hochzieht. Die Tabletten, habe ich brav entgegengenommen und als Cordula nicht hinguckte in die Erde der Yucca-Palme gesteckt. Ich plante ein Langzeitprojekt, ob Palmen irgendwann Schwimmhäute zwischen den Blättern bekommen, wenn man sie mit Algen düngt. Jetzt fällt mir gerade auf, dass dieser Gedankengang jeglicher Logik entbehrt.

»Thorben«, ruft Cordula wieder und ich sehe ihren entsetzten Blick auf meinem Arm ruhen. Der ist, wie ich feststelle, mittlerweile gänzlich verschwunden. Ich überlege, ob ich die Wahrheit über die Tabletten sagen soll. Ob unsere Beziehung das schon verträgt. Vor Anstrengung fange ich an zu schielen und sehe zwei Cordulas, was den Druck, der auf mir lastet noch verstärkt.

»Also hast du sie nicht genommen«, schlussfolgert Cordula und greift nach ihrer Handtasche.

Detlef steht jetzt vor dem Sofa, in der Hand einen Spazierstock. Allerdings stützt er sich nicht darauf, sondern fuchtelt wie ein wütender Rentner damit in der Luft. Ich begreife erst allmählich, dass er versucht, meinen Arm von Freds Hand zu trennen. Was allerdings schwierig ist, da mein Arm inzwischen ja nicht mehr da ist. Komischerweise fühle ich trotzdem noch die Berührung von Freds Hand. Detlef ist vor Anstrengung schon ganz rot im Gesicht. Mittlerweile ist auch meine Schulter taub. Ich denke darüber nach, dass Cordula und ich morgen ins Kino gehen wollen und ob ich wohl gratis reinkomme, wenn ich unsichtbar bin, komme aber zu keinem Ergebnis. Außerdem ist es Cordula bestimmt peinlich, wenn wir anschließend händchenhaltend durch die Fußgängerzone schlendern, aber die anderen Leuten denken, sie hätte einen Spasmus in der Hand, weil ich ja nicht zu sehen bin. An diesem Punkt beschließe ich, dass unsichtbar sein für mich keine Option ist und rücke zur Seite. Freds Hand fällt schlaff herunter. »Och menno.« Er schiebt die Unterlippe vor.

Detlef lässt den Stock keuchend sinken. Cordula nähert sich mir mit einem Glas Wasser und drei Tabletten auf der Hand.

»Hier, schluck die. Vielleicht ist es noch nicht zu spät.« Ihre Stimme klingt so angespannt, dass ich mir die launige Frage, ob die Tabletten auch laktose- und glutenfrei sind, lieber verkneife. Als ich die Dinger runtergewürgt habe, sehe ich, dass Fred gerade ebenfalls mit Tabletten versorgt wird. Nur erledigt dies bei ihm Doris und seine Tabletten sind rot und nicht grün. Ich frage mich, ob sich wahre Liebe in der Tablettenfarbe widerspiegelt, die einem die Liebste reicht. Ich lächle.

»Was ist denn so lustig? Ich finde das alles gerade gar nicht komisch.« Ich sehe, dass Cordula eine Träne die Wange herunterrinnt. Ich strecke den noch vorhandenen Arm vor und fange die Träne mit dem Finger auf. Sie schmeckt salzig. Ein schöner Kontrast zum Maulwurfkuchen. Mittlerweile haben sich alle um mich versammelt und starren mich an. Oder vielmehr die Stelle, an der mein Arm bis eben gewesen ist. Sie warten vermutlich darauf, dass er zurückkehrt oder dass er nachwächst. Ich warte nicht. Ich weiß, dass es nicht passieren wird. Ich fühle auf eine taube Art, dass er noch da ist. Probehalber versuche ich, ihn auszustrecken, und schlage dabei aus Versehen Waltraut gegen das Bein.

»Was soll das?«, fährt sie Detlef an, der neben ihr steht.

»Was soll was?«, gibt er zurück. Die beiden funkeln sich an und ich bin vergnügt. Ungeahnte Möglichkeiten eröffnen sich da.

»Zehn Minuten sind um, es wird nichts mehr passieren«, sagt Cordula. Alle gehen zurück zum Tisch und lassen mich zurück, als wäre ich ein abgebranntes Feuerwerk.

»Möchtest du auch noch ein Stück Kuchen?«, fragt Peggy mich matt. Aus Höflichkeit kehre ich zum Tisch zurück . Der Rohrschachkaffeeklecks neben meinem Teller hat die Form von einem Arm angenommen. Hätte ich vielleicht eben mal drauf achten sollen. Aber auch dann hätte ich den Wink wohl nicht verstanden. So etwas habe ich bei Familienfeiern noch nie erlebt. In meiner Familie verschwindet bei solchen Gelegenheiten höchstens mal eine Flasche Whiskey, aber kein Körperteil. Nach einigen Versuchen gelingt es mir, mit der verschwundenen Hand die Kuchengabel zu nehmen. Sieht putzig aus. Vielleicht schule ich um auf Varieté. Cordula beobachtet mich und fängt an zu weinen. »Thorben, es tut mir so leid.«

Ich balanciere ein Stück Kuchen zum Mund. Geht doch.

»Wir werden alles versuchen, um deinen Arm wieder zu bekommen. Das verspreche ich.«

»Ist schon gut«, nuschel ich, weil ich den Mund noch voll habe. Es klingt aber wohl eher wie »Ist ein Fluch«, denn Cordula schluchzt auf und sagt: »Ja, machmal habe ich auch das Gefühl auf dieser Familie liegt ein Fluch.«

Doris fängt jetzt auch an zu weinen. »Es tut mir leid, dass ich Fred heute nur eine leichte Dosis gegeben habe. Aber ich wollte, dass er auch am Geschehen teilnehmen kann.«

Ich schaue zu Fred herüber. Er hat wieder diesen abwesenden Blick angenommen. Allerdings wirkt er noch in sich gekehrter als vorhin. Ob er jetzt in einer Welt ist, in der er meinen Arm sehen kann? Vielleicht sieht er nur meinen Arm, aber alles andere nicht. Das finde ich nun allerdings gruselig und widme mich lieber wieder meinem Kuchen.

Nach dem Kaffeetrinken will kein rechtes Gespräch in Gang kommen. Alle gucken immer wieder verstohlen auf meinen nichtvorhandenen Arm und versuchen gleichzeitig so zu tun, als wäre nichts. Irgendwie anstrengend. Cordula scheint es ähnlich zu gehen wie mir. Sie drängt bald darauf zum Aufbruch.

Meint, wir hätten noch was zu erledigen. Dabei schaut sie wütend zu Fred hinüber, der sie gar nicht wahrzunehmen scheint.

Zu Hause erzählt sie mir dann die ganze Geschichte. Dass Fred früher ganz normal war. Oder zumindest sich nicht so verhalten hätte, dass er unangenehm aufgefallen wäre. Irgendwann hat er aus Langeweile einen Zauberkasten im Internet bestellt. Anfangs war es lustig. Bei jeder Familienfeier gab er Kartentricks zum Besten, die niemanden überrascht, aber auch genauso wenig gestört haben. Ihn hat es zunehmend begeistert und so hat er sich dann das Buch »Perfekte Illusionen« zugelegt. Er hat seine Arbeit vernachlässigt und sich immer mehr der Zauberei zugewandt. Er wollte besser sein, als die Berufszauberer. Seine Illusionen sollten perfekt sein. An einem Heiligabend vor vier Jahren war es dann so weit. Er hat Doris die Nase lang gezaubert. Ganze fünf Zentimeter war sie nach dem Trick länger. Alle hielten es für eine Finte, selbst Doris und die ganze Familie zollte ihm Bewunderung. Als die Nase ihre Länge behielt, schlug die Bewunderung in Entsetzen um. Doris musste sich einer kostspieligen Schönheitsoperation unterziehen und Fred das Versprechen abgeben, nie wieder zu zaubern. Zwei Jahre ging alles gut. Dann bekam Fred einen Rückfall. Es war Silvester und Familie und Freunde waren versammelt und spielten gemeinsam »Reise nach Jerusamlem« und ähnliche Partyspiele. Fred schlug »Ringlein, Ringlein, du musst wandern« vor. Seitdem hat Cordula den Ringfinger, der länger ist als der Mittelfinger und Fred bekommt Psychopharmaka. Aber heute hat er eindrücklich bewiesen, dass er seine Illusionen noch weiterentwickelt hat.

Als Cordula ihren Bericht beendet hat, schaut sie mich traurig an. Ich weiß, dass sie jetzt irgendeine Reaktion von mir erwartet. Ich weiß bloß nicht welche, weil ich selbst noch nicht weiß, was ich vom heutigen Tag halten soll. Ich räuspere mich, um Zeit zu gewinnen. Als Cordula mich weiterhin schweigend anschaut, sage ich: »Na, das ist doch spannend, einen echten Zauberer in der Familie zu haben.«

Es war eindeutig die falsche Reaktion, denn Cordula geht hinterher sofort ins Bett, ohne mich noch eines Blickes zu würdigen.

In den nächsten Wochen konsultiere ich eine Reihe von Ärzten. Einige können meinen Arm zwar fühlen, aber niemand kann ihn wieder sichtbar machen. Mehrmals erhalte ich den halbherzigen Ratschlag, Vitamin D und Calcium zu mir zu nehmen. Als ich frage, ob Algentabletten etwas nützen, werde ich angesehen, als würde ich uraltem Aberglauben anhängen.

Zwischen Cordula und mir läuft es seit jenem Tag immer schlechter. Es scheint, als würde sie mein Arm daran erinnern, dass in ihrer Familie etwas schiefläuft. Ihr zuliebe gehe ich zur Ergotherapie, um meinen unsichtbaren Arm besser nutzen zu können. Der Therapeut hatte so einen Fall allerdings noch nie und scheint mit mir überfordert zu sein. Er bekommt immer Lachkrämpfe, wenn ich einen Alltagsgegenstand in die Hand nehme und scheinbar durch die Luft schweben lasse. Als ich die Therapie abbreche, verhärten sich die Fronten zwischen Cordula und mir.

Als sie schließlich beim Umtopfen der Yucca Palme die Algentabletten findet, macht sie mit mir Schluss. »Du nimmst mich einfach nicht ernst«, sind ihre letzten Worte. Es erschreckt mich, wie sehr es mich erleichtert, dass es vorbei ist.

Mein Freundeskreis hat sich seit der Geschichte mit meinem Arm ohnehin stark gewandelt. Ich hätte nie vorhergesehen, wer mit der neuen Situation zurechtkommt und wer nicht. Viele Menschen sprechen immer wieder von dem tragischen Unglück, dass mir widerfahren ist und dass ich Fred doch verklagen solle. Ich kann das nicht verstehen. Wo andere Menschen einen Verlust sehen, sehe ich einen Gewinn.

Wenn ich gute Laune habe und kurze Ärmel trage, streichel ich fremden Leuten im Vorbeigehen über den Kopf und freue mich über ihr verwirrtes Gesicht. Wenn ich mies gelaunt bin, schlage ich auch schon mal jemanden einen Hot Dog aus der Hand und komme ungestraft davon.

Seit einiger Zeit besuche ich Fred. Wenn er einen guten Tag hat und Doris ihn nicht zu stark sediert hat, spielen wir »Bello, dein Knochen ist weg« oder ähnliche Kindergeburtstagsklassiker. Neulich habe ich es dabei geschafft, den Kauknochen vom Nachbarhund unwiederbringlich verschwinden zu lassen. Fred hat sich über meinen Erfolg gefreut wie ein Kind.

Wenn ich merke, dass es ihm schlecht geht, sitze ich einfach bei ihm und leiste ihm Gesellschaft. Manchmal halte ich dabei seine Hand. Neulich konnte ich danach für einen Augenblick meinen Arm wieder sehen. Ich weiß nicht, ob ich mich darüber freuen soll.

Herr Schmitz löst sich auf

Er saß in seinem Sessel und spürte, wie er von Minute zu Minute älter wurde. Die Zeit ging dahin, wie altes Pergament, das unter seinen Fingern zerbröselte.

Im Sonnenlicht sah er den Staub durchs Zimmer schweben und wusste, dass er sich unweigerlich auf allen im Zimmer befindlichen Dingen absetzen würde. Auch auf ihm. Er wurde allmählich Teil der Einrichtung, so lange wie er schon hier saß. Von Zeit zu Zeit hatte er den Impuls aufzustehen und den Staub von sich abzuschütteln, aus Angst, dass irgendwann eine der Schwestern das Zimmer betreten würde, ihn sanft an der Schulter berührte, wie sie es oft taten und dabei einen Fingerabdruck in der Staubschicht auf seiner Schulter hinterlassen könnte. Dies wäre ihm entsetzlich peinlich. Er konnte körperlich spüren, wie ertappt er sich dabei fühlen würde. Ertappt dabei, dass er so lange Zeit in diesem roten Sessel mit Chintz Bezug saß, dass er abgestaubt werden musste, wie ein Möbelstück. Und je länger er dort saß und je mehr Zeit verstrich, desto nötiger schien es ihm, aufzustehen und herumzugehen, einfach nur um festzustellen, dass er noch lebte. Dass die rasende Zeit aus ihm nicht schon eine Mumie gemacht hatte. Aber je größer der Drang zum Aufstehen wurde, desto unmöglicher erschien es ihm, dem Folge zu leisten. Eine unsichtbare Leimschicht hielt ihn an dem Sitzmöbel fest. Einen der wenigen persönlichen Gegenstände, die er aus seinem Zuhause hatte mitnehmen können. Dem großen Haus mit Garten. Wie viel er hatte zurücklassen müssen, schmerzte ihn noch immer.

Gerade wenn er einen Blick auf den Sessel warf. Allmählich kam er sich auf die Schliche. Er konnte vermutlich nur deshalb nicht aufstehen, weil er den Sessel sonst sehen würde. Wenn er hingegen sitzenblieb, blieb es ihm erspart, erinnert zu werden. Dafür konnte er aus dem Fenster sehen. Hinaus in die Gartenanlage mit ihren in voller Blüte stehenden Rhododendren. In seinem heimischen Garten hatte auch ein prachtvoller Rhododendron gestanden. Mit kraftvollen altrosa Blüten. Er atmete tief ein und vermeinte einen leichten Blütenduft durch das geöffnete Fenster wahrzunehmen. Er schloss die Augen, um auch dieser Erinnerung nicht länger ausgesetzt zu sein.

Er fiel in einen leichten Dämmerschlaf. In seinen Träumen flog die Tür von seinem Zimmer auf und eine der Schwestern kam herein, gefolgt von einer Horde Menschen, allesamt mit Fotoapparaten oder Mobiltelefonen ausgerüstet.

»Und dies ist das Zimmer von Herrn Schmitz«, erklärte Schwester Ingeborg mit der ihr eigenen munteren Entschlossenheit. »Die Einrichtung stammt aus dem Jahre 2016, das letzte Mal aufgestanden ist Herr Schmitz im Mai 2019. Seitdem sitzt er dort drüben im Sessel.« Sie tätschelte seine Schulter. Eine monströse Staubschicht flog wie ein verschreckter Vogelschwarm auf und ließ sich in respektvoller Entfernung von ihm auf Kommode und Bett nieder.

»Na, den müssen wir auch mal wieder abstauben, den Guten.«

Alle lachten und machten Fotos von ihm und seinem Zimmer. Er wollte protestieren, doch er konnte sich nicht bewegen. Wie eine Wachsfigur saß er dort in seinem Sessel und konnte noch nicht einmal die Augen schließen, die dem Blitzlicht der Kameras hilflos ausgeliefert waren. Schwester Ingeborg indes hörte nicht auf, seine Schulter zu tätscheln, klopfte sie aus wie einen Teppich mit dem Klopfer.

»Herr Schmitz, es ist Zeit.«

Erschrocken fuhr er aus dem Schlaf hoch. Schwester Ingeborg stand tatsächlich neben ihm und tätschelte seine Schulter.

»Na, sie waren ja schwer wachzubekommen. Dann können sie heute Nacht wieder nicht schlafen und erschrecken Schwester Sylvia, wenn sie als

Nachtgespenst durch die Flure spuken. Gleich gibt es Abendessen. Fühlen sie sich heute fit genug, um im Speisesaal zu essen?«

Er nickte. Mehr, um sie loszuwerden, denn aus Zustimmung.

»Ich komme gleich.«

Die Kraftlosigkeit seiner Stimme erschreckte ihn. Schwester Ingeborg jedoch schien zufrieden. Sie ließ von seiner Schulter ab und wandte sich zum Gehen.

»Bis gleich dann Herr Schmitz. Und bringen sie Appetit mit. Nicht, dass sie wieder essen wie ein Spatz. Irgendwann zerfallen sie uns noch zu Staub.«

Sie lachte dieses enervierend muntere Lachen, das ihn zusammenzucken ließ.

Als sie die Tür hinter sich geschlossen hatte, merkte er, wie seine Schultern und seine Gesichtsmuskeln sich entspannten. Er fühlte sich inwendig ganz weich, als sei er mit Samt ausgeschlagen wie ein Schmuckkästchen. Er lächelte über diesen absurden Gedanken. Das Gefühl jedoch blieb. Zusammen mit der Schwere, die von ihm abfiel und einer Leichtigkeit Platz machte, die er seit Ewigkeiten nicht mehr empfunden hatte. Ja, hatte er sie überhaupt schon einmal gefühlt? Doch woher sollte er diese Empfindung sonst kennen, sie beim Namen nennen können, wenn nicht durch ihr Wiedererkennen.

Während er so vor sich hin dachte und in sich hinein fühlte, sich selbst auf der Spur, sah er, dass die Dämmerung in seinem Zimmer Einzug gehalten hatte. Normalerweise hätte er jetzt erschrocken einen Blick auf die Uhr geworfen, denn er war mit Sicherheit schon zu spät dran für das Abendessen. Gleich würde Schwester Ingeborg erneut zur Tür hereinkommen. Ihm mit einer unter der Munterkeit verborgenen Missbilligung ein Tablett mit einer angetrockneten Scheibe Mischbrot mit Schinken hinstellen, auf dass er nicht verhungere. Dabei völlig außer Acht lassend, dass er den Schinken mit seiner Prothese nicht würde kauen können.

Aber selbst diese Aussicht vermochte ihn nicht aus der Ruhe zu bringen. Er blieb in seiner wattig weichen Entspanntheit und warf noch einen letzten Blick hinaus zu den Rhododendren, bevor sie von der Dunkelheit verschluckt wurden. Er nahm einen tiefen Atemzug, der wieder voller Blütenduft war und hielt die Luft an, um den Duft zu konservieren. Wollte ihn nicht verlieren, wie er vieles zuvor in seinem Leben verloren hatte, weil er es nicht festgehalten, nicht sorgsam genug darauf achtgegeben hatte. Angefangen von einer roten Pudelmütze, die er als Kind nicht mehr vom Schlittschuhlaufen mit nach Hause gebracht hatte, worüber seine Mutter sehr ärgerlich gewesen war. Über den Tod seiner Frau, die eines Tages nicht mehr aufgewacht war. Den Grund hatte niemand abschließend herausfinden können. Bis hin zum Kontakt zu seiner Tochter, die immer seltener angerufen hatte, bis das Schweigen in der Leitung schließlich so schwer geworden war, dass er nicht zu sagen vermochte, ob es zuvor überhaupt geklingelt hatte oder ob er den Hörer aus schierer Gewohnheit in der Hand hielt.

Und während all diese Erinnerungen durch ihn hindurch glitten, hielt er die Luft an, bis er feststellte, dass er gar nicht mehr zu atmen brauchte. Dass Atemluft vielmehr etwas völlig Entbehrliches war. In diesem Moment der Erkenntnis löste sich die Gestalt von Herrn Schmitz auf. Er zerfiel auf dem Sessel zu Staub, spürte den Stoff der noch warmen Sitzfläche unter sich, bevor der milde Abendwind ihn einlud, das Zimmer zu verlassen. Er stob durch das Fenster nach draußen. Das Gefühl der Leichtigkeit war einem noch viel umfassenderen Gefühl der absoluten Freiheit gewichen. Er verteilte sich auf den Blüten und Blättern eines Rhododendron. Und alles, auf dem er sich niederließ, konnte er gleichzeitig fühlen, riechen und schmecken.

Er hörte in der Ferne, die Tür des Zimmers aufgehen, das nun nicht mehr sein Zimmer war und

Schwester Ingeborg hereinkommen. Noch während sie ihm die Hand auf die Schulter legte, bemerkte sie, dass Herr Schmitz nicht mehr da war und alle Munterkeit verflog aus ihren Zügen und machte betretenem Schweigen Platz, das jedoch schnell wieder professioneller Geschäftigkeit wich.

Herr Schmitz merkte von all dem nichts mehr. Er war auf dem Weg in eine allumfassende Freiheit, die es nunmehr zu erforschen galt. Fernab von allen zeitgebundenen Beschränkungen wie Zimmerwänden und Essenszeiten stob er fort in unbekannte Ferne. Alterslos glücklich.

Ein Rest von Leberwurst

Eben noch haftete sie an meiner Klinge. Die Zutat, die mein Abendbrot verschönern, zusammen mit einer Scheibe Roggenmischbrot meinen Gaumen erfreuen sollte. Eine Speise, die mein Leben seit meiner Kindheit mit seiner Anwesenheit bei Mahlzeiten bereichert hat. Eine Tradition also, die meinem Dasein von jeher Halt und Struktur gegeben hat. Was auch passieren mochte, ich konnte mich darauf verlassen, dass sie da sein würde, im Kühlschrank auf mich wartete und meinen Geschmackssinn in ihre Arme schließen würde. Die Kalbsleberwurst.

Vielleicht war es von daher nur allzu verständlich, dass sie es war, die unserer Beziehung den Todesstoß gab. Immerhin kannte ich sie länger als dich, der du mir auf der anderen Seite des Tisches gegenübersaßt und missmutig dein Schinkenbrot anstarrtest. Das Starren war in diesen Tagen schon Provokation genug, doch es war das, was du sagtest, was die heilige Stille des Abendbrotes durchschnitt wie ein Sägemesser.

»Ich halte das tägliche Einerlei nicht mehr aus. Das schnürt mir hier alles die Luft ab.«

Mein Messer, das sich gerade noch auf dem Weg zum Brot befunden hatte, hielt inne und die Leberwurst schien genau wie ich, den Atem anzuhalten.

Du sahst mich an. Und zucktest die Achseln. Das war die Geste, die endgültig alles zerstörte. Deine hilflose Resignation kotzte mich mit einem Mal so an, dass mir nur Eines übrigblieb. Mit einer fließenden Bewegung, die nicht von meinem Arm, sondern von der Leberwurst auszugehen schien, strich ich den Aufstrich an der Küchenwand neben dem Esstisch ab. Schweinchenrosa auf OP Saal grün stand dort jetzt der Schlussakkord unseres Zusammenlebens geschrieben. Ein länglicher Fleck, der Ansatz eines Ausrufezeichens, dessen Vollendung keine Rolle mehr spielte. Ich war weg, bevor das Messer auf dem Tisch aufschlug.

Seit jenem Tag haben wir uns nicht mehr gesehen, geschweige denn gesprochen. Wir schrieben uns knappe Mails, um unser gemeinsames Leben abzuwickeln. Zuletzt teiltest du mir mit, dass du es passend fändest, wenn ich zur Wohnungsübergabe käme. Der Eigentümer wollte die Wohnung nach unserem Auszug selbst nutzen. Ich ahnte, warum du mich dabeihaben wolltest. Und tatsächlich. Die Leberwurst war noch dort an der Wand, wo ich sie zurückgelassen hatte. Inzwischen hatte sie aus Protest einen weißen Pelz angelegt, den ich gemeinsam mit dem

Wohnungseigentümer fasziniert betrachtete. Er rückte seine kleine runde Brille zurecht.

»Das ist interessant. Auf eine Art auch sehr pittoresk. Es unterstreicht den Charakter dieses Raumes auf sehr eindringliche Weise. War es schwer zu kreiieren? Ich würde sie gern bitten noch weitere dieser Ornamente anzufertigen. Gegen Bezahlung natürlich. Wäre das möglich?«

Ein Lächeln breitete sich in meinem Kopf aus, bei dem Gedanken daran, was dieser Auftrag für Möglichkeiten bot. Dass er womöglich Folgeaufträge nach sich ziehen könnte, die mein Leben nachhaltig verändern würden.

Als das Lächeln kurz davor war, meine Lippen zu erreichen, erhobst du die Stimme.

Du hattest bisher unbeteiligt neben uns gestanden und nur von Zeit zu Zeit auf deine Armbanduhr geschaut.

Jetzt sagtest du mit unüberhörbarem Triumph in der Stimme: »Das ist ein Rest von Leberwurst.«

In diesem Moment wusste ich, dass ich bei jenem Abendbrot die richtige Entscheidung getroffen hatte.

Der kleine Junge

Geschichte zum Titelbild »Bindung« von Maren Zint.

Es war einmal ein kleiner Junge. Der kleine Junge wohnte mit seinen Eltern in einer bescheidenen Miet-wohnung irgendwo in diesem unserem Land. Die Eltern waren nicht reich, aber sie konnten dafür sorgen, dass der kleine Junge zu Essen und etwas zum Anziehen hatte.

Jedes Jahr um die Weihnachtszeit war der kleine Junge ganz aufgeregt, weil Weihnachten das Fest war, an dem er gute Chancen hatte, dass ihm der ein oder andere Wunsch erfüllt wurde. Immer wenn es Heilig-abend an der Haustür klingelte, veranstaltete das Herz vom kleinen Jungen vor freudiger Erwartung einen Trommelwirbel. Und wenn der Vater dann die Tür der kleinen Wohnung öffnete, stand dort ein Mann im roten Mantel mit langem weißen Bart, der den Tür-rahmen fast gänzlich ausfüllte.

Der Weihnachtsmann fragte ihn dann, ob er brav gewesen sei. Der Junge schaffte es in diesem Augen-blick nur zu nicken. Der Weihnachtsmann bedeutete ihm dann, mitzukommen, und der Junge folgte ihm in den Hausflur. Und dort befand sich jedes Mal ein Geschenk für ihn. Sei es ein Lederfußball, ein Schlitten oder ein Fahrrad. Der kleine Junge war jedes Mal selig und dankte dem Weihnachtsmann aus tiefstem Herzen, sowie seinen Eltern, die dem Weihnachtsmann seine Wünsche überbracht hatten.

Der kleine Junge wurde älter und es gab viele Stimmen in seiner Umgebung, die den Weihnachtsmann als Scharlatan, als bezahlten Boten oder gar als nahen Anverwandten enttarnen wollten. Doch der Junge bewahrte sich seinen Glauben an den Mann im roten Mantel mit dem weißen Bart.

Und selbst als bei den anderen Kindern kein Weihnachtsmann mehr auftauchte und sie von den Eltern Gutscheine oder Bargeld in die Hand gedrückt bekamen, bei ihm kam nach wie vor der Weihnachtsmann und brachte ihm einen Computer oder kurz vor Schulabschluss einen Reiserucksack, in dem sich zudem noch ein Gutschein für eine Bahnfahrkarte befand.

Der junge Mann zog mit diesem Geschenk hinaus in die Ferne und versuchte herauszufinden, was ihm in der Schule nicht beigebracht worden war: Wie man das Leben meistert. Aber egal, wie weit er sich von zu Hause entfernte, zu Weihnachten kam er immer wieder nach Hause zurück.

Eines Tages, er war gerade mitten in der Fremde damit beschäftigt, sich in seiner ersten Arbeitsstelle einzurichten, erreichte ihn die Nachricht, dass seine Eltern überraschend bei einem Verkehrsunfall verstorben waren. Er eilte nach Hause und erledigte, was in so einem Fall zu erledigen war.

Als die Weihnachtszeit kam, war es schlimm für ihn, denn zum ersten Mal in seinem Leben hatte er keinen Ort, an den er zurückkehren und vor allen Dingen den Weihnachtsmann würde treffen können. Er wohnte zu diesem Zeitpunkt mit einer jungen Frau zusammen, die sehr verständnisvoll aber in Bezug auf den Weihnachtsmann eine Ungläubige war.

»Wir machen es uns hier gemütlich«, sagte sie, »und du sagst mir einfach, was dein größter Wunsch ist und dann erfülle ich ihn dir.«

Er schaute sie traurig an. »Ich wünsche mir, dass ich noch einmal den Weihnachtsmann treffen kann«.

Darauf war sie still. Kurz vor Weihnachten legte sie ihm einen Briefumschlag auf den Frühstückstisch. »Wenn du meinst, dass du es unbedingt tun musst, dann mach es«.

In dem Briefumschlag befand sich eine Zugfahrkarte in seine Heimatstadt. Und so stand er Heiligabend vor dem elterlichen Wohnblock, in dem seine Eltern nicht mehr wohnten. Er drückte auf den Klingelknopf, an dem jetzt ein anderer Name, als der seiner Eltern prangte und wartete. Nichts rührte sich. Er klingelte noch ein zweites und ein drittes Mal, doch das Ergebnis war dasselbe. Ratlos setzte er sich auf eine Bank in der Nähe, von der aus er den Hauseingang im Auge behalten konnte.

Es war kalt und er wusste, er würde dort nicht lange bleiben können. Er wusste aber nicht, was er als Nächstes tun sollte. Da ließ sich unvermittelt jemand neben ihm auf die Bank plumpsen. Der junge Mann schrak zusammen.

Neben ihm saß ein vierschrötiger Mann, mit einem roten, runzligen Gesicht und einem weißen Bart. Er trug keinen roten Mantel, sondern eine abgeschabte Jacke in Tarnfarbe. In der Hand hielt er eine Flasche mit bernsteinfarbener Flüssigkeit.

»Willst du auch?«

Der junge Mann schüttelte den Kopf.

»Na dann nicht«, der Bärtige nahm einen Schluck.

»Weißt du auch nicht, wo du heute hingehen sollst?«

Der junge Mann nickte. »Meine Eltern sind tot. Und ich weiß nicht, wo ich den Weihnachtsmann heute Abend treffen soll.«

Der Bärtige wollte gerade die Flasche wieder

ansetzen, hielt aber in der Bewegung inne. »Du willst was? Den Weihnachtsmann treffen? Wie alt bist du? Fünf?«

Der junge Mann erhob sich und mit einer Inbrunst, die er selbst nicht für möglich gehalten hätte, sagte er: »Ich weiß, dass ihr mich alle für bekloppt haltet. Selbst meine Freundin hat mir die Fahrkarte hierher nur aus dem Grund geschenkt, dass ich endlich Ruhe gebe und merke, dass es den Weihnachtsmann nicht gibt. Aber ich glaube daran, dass er existiert und dass er meine geheimsten Wünsche kennt und wenn es in seiner Macht steht, auch erfüllen kann.«

Sie starrten sich an. Der Bärtige mit wässrigen Augen, der junge Mann mit flammendem Blick.

Schließlich stieß der Alte einmal geräuschvoll auf und fragte: »Und was soll der Weihnachtsmann dir dieses Jahr bringen?«

Der junge Mann sank etwas in sich zusammen, bevor er leise sagte: »Dieses Jahr will ich mich nur von ihm verabschieden.«

Der Bärtige stellte die Flasche neben sich ab und drückte sich mühsam von der Bank hoch. Er nestelte an dem Reißverschluss seiner Jacke, bis es ihm schließlich gelang, sie zu öffnen. Umständlich schälte er sich aus den Ärmeln und legte das Kleidungsstück

hinter sich auf die Bank. Nun stand er in einem lang-
ärmligen roten Shirt vor dem jungen Mann. Das Rot
war schon etwas verblichen, aber die weißen Buch-
staben darauf, waren noch gut zu erkennen.

Dort stand:»Ho, ho, ho, ich bin der Weihnachtsmann«.

Der Bärtige richtete sich zu voller Größe auf,
streckte den Bauch raus und fragte: »Nun mein Junge,
hast du mir etwas zu sagen?«

Der junge Mann starrte den Alten ungläubig an.

Der kam langsam in Fahrt: »Nun, so schweigsam
dieses Jahr?«

Der Junge fing sich wieder, schloss die Augen
und sagte: »Ich möchte mich bei Dir bedanken.«

»Wofür? Ich habe dir dieses Jahr gar nichts mit-
gebracht.«

»Aber all die Jahre zuvor bin ich reich beschenkt
worden. Obwohl...«, seine Stimme brach.

»Obwohl?«, fragte der Weihnachtsmann.

Der junge Mann öffnete wieder die Augen. »Obwohl wir sehr arm waren und meine Eltern sich nie
irgendwelchen Luxus leisten konnten, keinen Urlaub,
keine teure Kleidung, keinen riesigen Fernsehapparat,
habe ich zu Weihnachten immer etwas Schönes
bekommen. Etwas, das ich mir gewünscht habe, das
aber eigentlich nicht nötig gewesen wäre. Es war

jedes Jahr ein Wunder. Und ich weiß...«, wieder drohte ihm die Stimme zu versagen.

»Und ich weiß, wem ich das Alles zu verdanken habe.«

Der Bärtige nickte.

Der Junge fuhr fort: »Ich werde jetzt in mein neues Zuhause zurückkehren. Aber wenn ich mir für dieses Jahr noch eine Sache wünschen darf: Sagst du ihnen, dass ich sehr dankbar bin?«

Der Weihnachtsmann schluckte trocken und nickte erneut.

»Danke.« Der junge Mann kramte in seiner Jackentasche und fand einen Geldschein. Er drückte ihn dem Weihnachtsmann in die Hand. »Hier, für eine warme Mahlzeit.«

Der Bärtige steckte den Schein etwas verlegen in seine Hosentasche.

Dann drehte sich der junge Mann um und ging davon, ohne sich noch einmal umzublicken.

Und wenn er nicht gestorben ist, lebt der kleine Junge in ihm noch heute.

Ganz tief in seinem Herzen.

Das Korkbrett

Das Schreiben kam zusammen mit einem Prospekt, der für Schuhe warb.

Ich warf den grauen Umschlag ungeöffnet ins Altpapier, kochte mir ein Gulasch und sah mir nach Essen und Abwasch den Prospekt an. Die Schuhe gefielen mir allesamt nicht. Sie waren größtenteils beige-braun und so zweckmäßig geformt, dass es mir in der Seele wehtat. Dass zwei Drittel der abgebildeten Modelle mit Klettverschluss ausgestattet waren, trug sein Übriges zu meiner schlechten Laune bei. Ich holte den grauen Umschlag wieder aus dem Altpapier und riss den Umschlag auf. Es war genau, wie ich es mir vorgestellt hatte. Bis auf die Anrede und die Abschiedsgrußformel verstand ich nichts.

Da meine Laune durch die Schuhwerbung bereits auf dem Tiefpunkt angekommen war, konnte mir das Schreiben aber nichts weiter anhaben. Ich nahm eine gelbe Pinnwandnadel und hängte den Brief zu den anderen Bögen, die von gelben, roten, grünen, blauen und weißen Nadeln gehalten am Korkbrett hingen. Das Korkbrett hatte ich in dem Werbeprospekt eines Discounters gesehen und eben dort gekauft. Es kam genau zur rechten Zeit. Die Briefe auf meinem

Küchentisch waren gerade so zahlreich geworden, dass ich dort keine Mahlzeiten mehr zu mir nehmen konnte.

Ich hängte das Korkbrett an die Wand neben meinen Küchentisch. Wenn ich die Küche nach dem Essen lüfte, hängen hinterher manchmal weniger Blätter am Brett. Mit Glück ist ihnen die Flucht aus dem Fenster geglückt. Die anderen Unglücklichen sammele ich wieder auf und hänge sie zurück. Bis zum nächsten Lüften.

Ein Mal hat eine Frau unten geklingelt und mir durch die Gegensprechanlage mitgeteilt, dass sie draußen Post gefunden habe, die an mich adressiert sei. Ich sagte ihr, es müsse sich um einen Irrtum handeln und habe den Gegensprechhörer wieder eingehängt.

Wenn mein Sohn zu Besuch kommt, hängen hinterher ebenfalls weniger Zettel an der Korkwand. Ich weiß nicht, warum er sie mitnimmt und warum er es heimlich tut. Letztes Mal hat er im Gegenzug einen Prospekt liegengelassen. Darauf waren Menschen mit weißen Haaren abgebildet, die vor einem großen Gebäude standen und lachten. Er hatte den Prospekt mitten auf den Küchentisch gelegt. Dort, wo nichts mehr hingehört, seitdem es die Korkwand gibt. Das hat mich aufgeregt und ich habe das Fenster geöffnet und ohne auf Wind zu warten, den Prospekt direkt hinausgeworfen.

Hätte ich noch gewusst, wie das geht, hätte ich vorher noch einen Papierflieger daraus gebastelt. Später rief mein Sohn an und fragte mich, ob ich mir den Prospekt schon angesehen hätte. Ich habe ja gesagt und direkt wieder aufgelegt. Seitdem gehe ich nicht mehr ans Telefon, wenn es klingelt. Es hat aber auch schon lange nicht mehr geklingelt.

Seit gestern habe ich keinen Strom und kein Warmwasser mehr. Aber das macht nichts. Geht bestimmt bald wieder. Ich kenne noch Zeiten, in denen ich mich ständig mit Kaltwasser waschen musste. Das erfrischt. Wenn es dunkel wird, zünde ich mir gemütlich eine Kerze an und mein alter Herd funktioniert zum Glück mit Gas.

Muss auch mal wieder lüften. Hängen gar so viele Zettel am Korkbrett.

Eben hat es an der Tür geklingelt. Aber ich mache nicht auf. Ich erwarte niemanden. Ich brauche niemanden. Ich komme prima ohne andere Menschen zurecht.

Bin mir gerade nicht sicher, ob ich den Herd vorhin ausgeschaltet habe. Ich gehe lieber einmal nachsehen. Aber vorher zünde ich eine Kerze an. Wenn es dämmrig ist, kann ich nicht mehr so gut sehen.

Die Stille nach dem Glück

1. Preis beim Literaturwettbewerb des Bürgerverein zu St. Georg von 1880 im November 2018.

Es war die Stille, die Carolin nach Joachims Tod am Meisten zu schaffen machte.

Die Stille, die sich gleichsam mit dem Staub auf den Möbeln niederließ. Im Gegensatz zum Staub konnte sie die Stille nicht fortwischen. Der Stille war sie ausgeliefert. Sie war ein unsichtbarer Schleier, der sie von ihrer Umwelt trennte. Die alle Geräusche dumpfer, alle Farben blasser erscheinen ließ.

Dieser Zustand traf sie um so härter, als sie Joachim versprochen hatte, das Leben auch allein weiterhin so zu genießen wie sie es gemeinsam getan hatten. Aber es mochte ihr nicht recht gelingen. Sie bemühte sich redlich. Für heute hatte sie sich vorgenommen, auf das Stadtfest in St. Georg zu gehen. Joachim hatte Straßenfeste gehasst. Zu viel Lärm, zu viele Besoffene, zu viel ungefiltertes Leben. Carolin mochte Stadtteilfeste. Sie liebte das bunte Gemenge aus Menschen, Lichtern und Musik, flankiert von Essensdüften. Endlich würde sie es genießen können. Endlich. Das Wort wollte ihr nicht aus dem Sinn, während sie sich durch die Menschenmassen in der Langen Reihe schob. End-lich. Alles hatte ein Ende. Jedes Vergnügen, jede Zerstreuung. Aber auch jede Pein, jeder Kummer? Sie merkte erst, dass ihr die Tränen über die Wangen liefen, als sie den mitleidigen Blick einer älteren Dame bemerkte, die ihren weißen Pudel auf dem Arm trug, damit er von den Massen nicht umgerannt wurde. Hastig wischte Carolin sich die Tränen fort. Bevor die Frau etwas sagen konnte, lief sie rasch weiter.

Die Lust auf einen Straßenfestbummel war ihr vergangen. Sie bog von der Langen Reihe in die Danziger Straße ein, wollte dem Gewimmel entkommen, zur nächsten U-Bahn Station laufen und dann nach Hause fahren.

Bei ihrem Versuch abzukürzen, fand sie sich in einem ruhigen Hinterhof wieder. Nach dem Getöse auf dem Straßenfest war es dort so still, dass es ihr in den Ohren dröhnte. Es erinnerte sie an die Stille in ihrer Wohnung und sie musste stehenbleiben, weil sich ein Druck auf ihre Brust legte, der ihr den Atem nahm.

Da erklang aus einem geöffneten Fenster im zweiten Stock Klavierspiel. Nach einigen Tönen brach die Melodie schüchtern wieder ab, um kurze Zeit später erneut einzusetzen. Diesmal lauter, selbstbewusster. Melancholisch und kraftvoll zugleich durchschnitt die Musik die Stille und ließ Carolin wieder besser atmen. Sie lauschte zu dem Fenster empor, bis die letzten Töne verklungen waren. Als ein Mann mit schütterem grauen Haar und Kinnbart ans Fenster trat, um dieses zu schließen, schmiegte sie sich wie ertappt an die Hausfassade.

Die Melodie aber klang in ihr weiter. Begleitete sie aus dem Hinterhof der Stiftstraße, am Boutique Hotel in der Brennerstraße vorbei und ließ sie fast einen Graffitisprayer über den Haufen rennen, der gerade sein fertiges Werk an einer Hauswand am Rande des Lohmühlenparks betrachtete. Die Musik stieg mit ihr in die U-Bahn und fuhr mit ihr bis nach Hause. Überschritt dort ungefragt die Schwelle ihrer Wohnung und legte sich zu ihr ins Bett.

Als sie am nächsten Morgen die Augen aufschlug, war die Melodie fort. Und Carolins Entschluss stand fest. Sie wollte denjenigen, der diese Töne erzeugen konnte, kennenlernen. Wollte erneut in diese Melodie eintauchen. Es war ein Sonntag und sie hoffte, dass er zur selben Uhrzeit wie am Vortag zu Hause sei. Dass er sich jeden Tag um diese Uhrzeit ans Klavier setzte, um diese Melodie zu spielen. Es mochte ein Ritual sein, dass ihm genauso leicht ums Herz werden ließ, wie ihr beim Lauschen der Klänge.

Nachdem sie ihre gesamte Sommergardrobe durchprobiert hatte, wählte sie ein schlichtes rotes Kleid. Sie legte sogar etwas Rouge auf. Ihr Gesicht im Spiegel kam ihr fremd vor. Waren die hellen Strähnen in ihrem dunklen, kinnlangen Haar schon länger dort? Die ausgeprägten Augenschatten?

Als Carolin vor dem Hauseingang anlangte, kam ihr die Situation absurd vor. Sich schön zu machen, für einen unbekannten Klavierspieler. Während sie überlegte, ob sie jetzt klingeln sollte, um sich nach einem klavierspielenden Mieter durchzufragen, erklang hinter ihr eine männliche Stimme.

»Kann ich Ihnen weiterhelfen?«

Carolin fuhr erschrocken herum. Vor ihr stand der Mann mit dem schütteren grauen Haar und dem Kinnbart. Mit zittriger Stimme sagte sie: »Entschuldigen sie die Störung. Ich wollte zu ihnen. Ich komme wegen des Klavierspiels.«

»So, so«. Der Mann musterte sie einen Augenblick von oben bis unten, machte schließlich eine einladende Handbewegung: »Dann mal herein mit ihnen.«

Carolin folgte ihm schüchtern durch die Tür ins Treppenhaus. »Wundern sie sich denn gar nicht, dass ich gekommen bin?«

»Da sie von Klavierspielen gesprochen haben, gehe ich davon aus, dass sie es lernen möchten. Ich inseriere regelmäßig im Wochenblatt, dass ich Unterricht anbiete. Allerdings sollten sie das nächste Mal anrufen und einen Termin vereinbaren.«

Carolin fühlte, wie Hitze in ihren Wangen aufstieg.

»Was für ein Zufall. Allerdings weiß ich von dem Klavierspiel nicht aus der Zeitung. Ich bin gestern hier entlang gegangen und hörte sie spielen. Diese wunderschöne Melodie. Sie hat mich begleitet. Bis in den Schlaf. Und hat die Stille übertönt. Die macht mich verrückt. Sie ist da seit mein Mann vor sechs Monaten gestorben ist. Und sie will einfach nicht...«

Carolin brach mitten im Satz ab. Sie hatte das Gefühl, sich in ihren Ausführungen verlaufen zu haben.

Sie waren mittlerweile in seiner Wohnung angekommen. Der Mann führte sie in einen kleinen Raum, in dem ein Klavier einen Großteil des freien Platzes einnahm. Er setzte sich auf den Klavierschemel und wies auf einen freien Hocker neben sich.

»Setzen sie sich. Ich werde für sie spielen.«

Ihr Gastgeber legte die Hände auf die Tasten und schloss für einen Moment die Augen, dann begann er zu spielen. Wieder erklang die Melodie vom Vorabend. Diesmal noch sicherer, virtuoser. Als er geendet hatte, schwiegen sie. Und obwohl Stille herrschte, war der Raum dennoch erfüllt. Schließlich brach der Mann das Schweigen.

»Ich habe dieses Stück gestern Abend seit langer Zeit das erste Mal gespielt. Es war das Lieblingslied meiner Frau. Sie ist vor fünf Jahren gestorben.«

Carolin schauderte. »Das tut mir leid.«

Er winkte ab.

»Das muss ihnen nicht leid tun. Es ist wie es ist. Ich will nur, dass sie eines wissen: Egal, wie oft ich ihnen dieses Lied vorspiele oder ob sie womöglich selbst lernen, es zu spielen. Es wird ihnen nicht helfen, gegen die Leere, die sie momentan empfinden, oder die Stille, wie sie es nennen. Für sie würde es sein wie ein Pflaster, das sich immer wieder ablöst, weil die Wunde darunter nicht richtig heilen kann. Sie können natürlich immer wieder ein neues Pflaster drüberkleben, um die Stelle zu schützen. Aber sie müssen sich bewusst sein, dass dort noch immer eine Wunde ist, die heilen möchte. Und dass dies Zeit braucht.«

Carolin begann zu weinen. »Aber ich will das nicht. Ich will mein Leben zurück. Die Freude, die Lebendigkeit.«

Er schüttelte sanft den Kopf: »Das Leben, das sie zurückwollen gibt es nicht mehr. Aber es gibt ein neues Leben. Sich darin einzurichten, ist ihre Aufgabe. Und dazu bedarf es der Stille. Nur dann können sie hören, was ihr Herz ihnen zu sagen hat. Das ist wichtig. Denn nur mithilfe ihres Herzens können sie herausfinden, wie dieses neue Leben aussehen wird.«

Carolins Stimme war nurmehr ein Wispern: »Aber mein Herz will die ganze Zeit nur weinen. Das muss doch irgendwann mal ein Ende haben.«

»Das wird es auch. Aber wann es genug ist, entscheidet ihr Herz und nicht ihr Wille oder die Menschen um sie herum, die sich von ihnen abwenden, weil sie keine Traurigkeit ertragen können. Ich kann ein Lied davon spielen.«

Und wieder griff er in die Tasten. Diesmal erklang ein Trauermarsch. Er unterbrach sein Spiel so abrupt, wie er es begonnen hatte.

»Und falls sie doch Klavier spielen lernen möchten, um ihrer Trauer einen Ausdruck zu geben, kommen sie Donnerstag um 15 Uhr wieder. Da habe ich noch Zeit für eine neue Schülerin.«

»Ich überlege es mir«, sagte Carolin.

Sie gaben einander zum Abschied die Hand, aber es waren mehr als zwei Hände, die sich dort an der Haustür berührten.

Carolin kam wieder. Jeden Donnerstag lernte sie Stück für Stück, wie sie dem Klavier Töne entlocken konnte, die ihrem derzeitigen Gefühl Ausdruck verliehen. Sie kaufte sich ein elektronisches Klavier, das wenig Raum einnahm und auf dem sie üben und den Melodien freien Lauf lassen konnte.

Von der Musik angelockt, kehrten nach und nach auch andere Dinge in ihr Leben zurück. Sie besuchte Kunstausstellungen, ging ins Theater oder vertiefte sich in einen Roman. Manchmal saß sie einfach nur da, lauschte der Stille in sich und kochte der Traurigkeit eine Tasse Tee. Und war ganz erstaunt darüber, wenn sie auf einmal Freude über so einfache Dinge wie das Zwitschern der Vögel in den Bäumen empfinden konnte. Mit ihrem Klavierlehrer verband sie mittlerweile nicht nur dasselbe Schicksal, sondern auch eine innige Freundschaft.

Eines Tages strich sie beim Staubwischen über ein gerahmtes Foto von Joachim. Sie nahm es in die Hand und betrachtete seine Züge so ausführlich, als sähe sie diese das erste Mal. Ein warmes Gefühl machte sich in ihrer Brust breit und sie dachte:

»Es ist Glück, dich gekannt zu haben.«

Inhaltsverzeichnis